La Ruche

BIBLIOTHÈQUE BLANCHE

Dans la même collection :

Dolorosa Soror, Florence Dugas
Impulsions, Marie Boman
Dictionnaire des fantasmes et des perversions, Brenda Love

ISBN : 2-911621-74-3

Clarisse Nicoïdski

La Ruche

roman

2000
Éditions Blanche
4, rue Caroline
75017 Paris

Le grand magasin

Elle s'arrêta devant la somptueuse vitrine tout entière dédiée à ce parfum désormais célèbre : y trônait un flacon géant, fait de coulées de verre épaisses, laiteuses que le talent d'un maître verrier avait rendu délicatement solides.

Edmée passa sa langue sur ses lèvres : l'objet, par sa forme et sa matière, provoquait d'autres sens que celui de la vue, donnait, à la bouche, une soif que l'eau ne suffirait pas à étancher.

Ce parfum, Edmée le savait, était hors de prix. Jamais avec son maigre salaire de jeune fille au pair, elle ne pourrait s'offrir une telle splendeur, pourtant, son regard ne parvenait pas à s'en détacher. Autour de la vasque emplie de ce fluide aux essences subtiles, d'autres, beaucoup plus petites, étaient disposées de telle manière que l'ensemble formât une immense abeille.

La Ruche, ainsi se nommait cette création d'un parfumeur dont le nom était gardé secret. Sa

« naissance » avait été entourée de mystère : on prétendait que l'alchimiste avait introduit dans la composition certaines plantes, certaines matières animales aux vertus... enfin, des vertus ! Le mot parut mal choisi à Edmée qui s'en amusa et sourit, aux anges.

Était-ce parce que la vie l'avait privée de quelques somptueuses réalités qu'elle dispensait à d'autres qu'Edmée avait acquis cette faculté de glisser vers un monde où les imaginations les plus folles étaient permises ? Était-ce parce qu'on avait tenté de la convaincre que la bienséance seyait aux jeunes filles pauvres qu'elle feignait de la respecter et s'inventait des déviances presque impensables ?

Soudain, elle fut parcourue d'un frisson : les flancs du flacon semblaient devenir liquides, ils glissaient, sur ses mains, ses bras, ses joues, emplissaient sa bouche.

Devant ses yeux fixes défilaient des images : des corps d'insectes velus, agglutinés au cœur d'un soleil en plein midi, dans un champ d'herbes et de fleurs, au mois d'août. Puis ce fut l'intérieur d'une ruche : la reine des abeilles, énorme, grasse, sur le dos, expulsait des larves dans le mouvement régulier, peut-être douloureux, de ses anneaux élastiques. Des pucerons esclaves étaient traits par des ouvrières aux dards impitoyables et précis.

Dans la vitre, près d'elle, elle vit un homme qui s'était approché et qui, sans qu'elle pût faire le moindre geste tant ses imaginations la laissaient pétrifiée, glissait la main sous sa jupe trop courte, son doigt dans la culotte de coton trouvait le clitoris qu'il travaillait doucement, comme, elle s'en souvint, les Orientaux jouent assis au seuil de leurs échoppes, avec les perles de leurs chapelets d'ambre ou d'ivoire. Elle ferma les yeux à demi, l'eau qui s'écoulait d'elle sur les doigts de l'inconnu semblait s'étendre sur les parois de la bouteille géante. Edmée eut l'impression d'entendre les bouteilles, plus petites, bourdonner comme des abeilles ; elles allaient s'introduire dans son sexe ouvert, là, en pleine rue, et caresser les parois de son ventre de leur venimeuse fourrure jaune. Elle eut un léger sursaut, retint un cri au moment où la flamme brève de la jouissance la traversa. L'inconnu pinça méchamment le clitoris échauffé avant de retirer sa main et de s'éloigner.

Edmée, haletante, vit alors que les flancs du flacon géant représentaient un couple enlacé : leurs jambes se mêlaient à la base, leurs bras se croisaient aux sommets, leurs bouches unies fermaient l'orifice.

À l'intérieur, une liqueur qu'Edmée imaginait plus suave que tout ce qu'elle avait connu jusque-là. Et si lourde... Des essences de fleurs pouvaient-elles, seules, la constituer ?

— C'est le musc de taureau qui lui donne cette fragrance ! murmura la vendeuse si près de l'oreille d'Edmée que la jeune fille eut un léger frémissement.

La femme poursuivait, d'une bouche gourmande, fardée :

— Il paraît que le parfumeur a exigé que l'on broie les testicules de jeunes taureaux et que l'on mêle cette substance au sperme de mâles vigoureux.

Edmée fit semblant d'hésiter devant un tel achat, de tourner çà et là vers les autres rayons du grand magasin. Il faisait une chaleur lourde et elle sentait sa culotte devenir rêche, entre le haut de ses cuisses poissées.

Soudain, elle tendit la main, saisit prestement le flacon, le fourra dans son sac et sortit, les joues en feu.

Personne n'avait rien vu ! Elle commençait à mieux respirer lorsque, repassant devant la vitrine, elle reçut en plein visage le regard de l'inconnu de tout à l'heure : il savait ! Elle en était sûre ! Elle était à sa merci.

D'un air amusé, il fit quelques pas, lui prit le coude :

— Marche ! Tu es très habile ! Pour un peu, je ne m'en apercevais pas moi-même. N'aie pas peur ! Je ne te dénoncerai pas.

Edmée avança parmi la foule, guidée par l'homme dont elle ne pouvait s'empêcher de trouver étrange l'allure sévère : costume sombre, chaussures noires qui crissaient un peu sur le pavé, lunettes d'écaille. De l'autre main, il tenait une serviette, noire également.

— N'aie pas peur ! répéta-t-il. Je ne te dénoncerai pas ! Je veux seulement t'accompagner chez toi et te retrouver si besoin est.

— Je... je n'habite pas chez moi !

Edmée regretta d'avoir balbutié ces paroles, car il l'attira plus près de lui :

— Tu cherches à te loger ?

— Mais non ! Je travaille chez une... dame.

Edmée tremblait. Ce qui allait suivre lui semblait très clair : si elle ne se pliait pas à ses fantaisies, ce sinistre individu irait dire à Mme Hore qu'elle était une voleuse. Celle-ci la renverrait... Et comment trouver, à Paris, un autre emploi de ce genre où, malgré la sévérité de la dame, elle vivait dans un lieu agréable et jouissait de nombreuses heures de liberté ?

— Que voulez-vous ? demanda-t-elle.

— Tu me conduis jusque chez toi, je te l'ai dit. Après, nous verrons.

Docilement, elle le mena au 101, de l'Avenue de C.

Mme Hore occupait le seul hôtel particulier de la rue.

— Voilà, fit-elle, d'une voix qu'elle voulait calme. Maintenant, laissez-moi !

Il ne répondit pas, caressa, à l'intérieur du sac en tissu de la jeune fille, le flacon de parfum sans emballage qu'elle y avait fourré. Il le soupesait, en suivait l'arrondi dans le creux de sa main.

— Crois-tu ? fit-il.

Il écarta d'un doigt la cordelette qui fermait la sacoche, glissa la main à l'intérieur du sac, fourragea un moment parmi les papiers, tubes de rouge à lèvres, mouchoirs... Edmée avait l'impression d'être nue sous cette main qui ne la touchait même pas. Habilement, il souleva le bouchon, humecta son index, puis le doigt reprit le chemin qu'il s'était frayé d'abord, sur le boulevard, devant la vitrine. Elle poussa un gémissement : le clitoris enflammé la brûlait, le doigt s'acharnait, écartait maintenant les lèvres. L'homme retira brusquement sa main avant qu'elle eût joui. À quelques pas, Mme Hore, stupéfiée, regardait la scène. Elle retint un « oh » scandalisé, monta les marches qui la séparaient de la porte principale et disparut.

— Allez ! Cours ! fit l'homme à Edmée qui s'échappa et entra à son tour, terrifiée, chez sa patronne.

La jeune fille se réfugia d'abord dans sa chambre, repoussant le moment de la confrontation avec Mme Hore.

Cette femme d'une cinquantaine d'années devait être riche puisqu'elle possédait ce charmant hôtel particulier près du parc... elle vivait pourtant dans une austérité qui paraissait rébarbative à la jeune Edmée si avide de découvrir les plaisirs de la vie, et de la ville.

Les repas chez Mme Hore, tristes et nourrissants, n'étaient jamais savoureux, les rideaux devant les fenêtres étaient toujours tirés, si bien qu'on voyait rarement la lumière du soleil entrer dans l'appartement. Mme Hore passait beaucoup de son temps dehors : elle animait une équipe de chercheurs et seule la science la passionnait. Edmée ne savait rien de sa vie et l'imaginait terne. Avait-elle été mariée ? Avait-elle choisi très tôt le célibat ?... Peu importait ! Edmée trouvait étrange d'être là pour ranger la maison en l'absence de sa propriétaire, décider des achats quotidiens, et le soir, exposer brièvement les nouvelles que donnaient les trois principaux journaux auxquels Mme Hore était abonnée... et de n'avoir jamais le droit d'entrer dans sa chambre. Un dimanche après-midi pluvieux où elle s'ennuyait, elle avait glissé un œil dans le trou de la serrure et ce qu'elle avait vu l'avait surprise au plus haut point.

Mme Hore était couchée nue dans son lit, très raide. Elle serrait ses jambes l'une contre l'autre, haletait, et sans s'être une seule fois caressée, elle était parvenue à jouir ainsi, les yeux grands ouverts, fixés au plafond.

Edmée en avait déduit qu'elle n'avait jamais connu aucun homme et que c'était une pudibonde qui, de plus, trouvait répugnant le contact de ses mains avec son propre corps.

Aux murs, il y avait de nombreux portraits, tous retournés. Edmée en riait en silence.

Elle en riait aussi avec le livreur du magasin d'alimentation qui, deux fois par semaine, alors qu'il apportait les caisses de bouteilles d'eau minérale, en profitait pour lui apprendre des jeux. Sans penser à mal.

Ainsi, il lui avait montré comment l'eau gazeuse pouvait, après qu'on eut agité la bouteille, devenir une douche au jet puissant entre les jambes, à condition d'ouvrir le bouchon au bon moment, au bon endroit. Le livreur ouvrait toujours le bouchon au bon moment, au bon endroit. Ensuite, très gentiment, il prenait un peu de rouleau de papier cuisine et l'essuyait en lui conseillant :

— Écarte ! Écarte bien, sinon tu vas encore mouiller ta jupe.

Un autre jour, il lui avait demandé de le laisser boire l'eau qui faisait des petites bulles et coulait entre ses jambes. Elle ne voyait pas de mal à ça et même elle voyait plutôt le bon côté de ces plaisanteries qui ne portaient pas à conséquence. C'était moins cher que le cinéma et beaucoup plus drôle. Edmée venait juste d'avoir dix-sept ans et la vie d'une jeune fille de mérite au service de Mme Hore — chercheur — n'était pas divertissante...

Mais ce jour-là, Edmée ne pensait pas aux inventions cocasses du livreur d'eau minérale : Mme Hore l'avait vue, tout à l'heure, avec l'inconnu qui était peut-être un dangereux maniaque. Qu'allait-elle penser ? Jamais elle ne la croirait si elle lui expliquait... Et puis, pas question de lui expliquer qu'elle avait volé un flacon de *La Ruche*... Non !

Elle tira le parfum de son sac et pour se donner du courage, se pencha vers l'orifice, inspira profondément l'odeur suave et forte. Un vertige la saisit. Un vertige..., non, un désir, là où l'homme l'avait maltraitée. Elle humecta son index, le glissa, sous la jupe, dans la culotte, et lentement, pénétra là où la chair fragile se mit à brûler à nouveau. Elle ôta rapidement ses vêtements, passa le doigt humide sur le sein dont elle aimait le satiné, autour du mamelon, la pointe rouge rougit encore. Des langues hérissées de dard taquinaient sa peau, mordaient sa bouche et les lèvres de son sexe.

Une senteur de musc se répandit dans la petite chambre, s'alourdit, l'enveloppa comme un édredon de plumes, trop lourd. Elle s'allongea sur la carpette, au pied du lit.

L'homme allait-il revenir comme il l'avait promis ?

L'entretien avec Mme Hore fut pire que tout ce qu'Edmée avait imaginé. Celle-ci se tenait debout devant la fenêtre du grand salon ; elle lui parla tout le temps sans se retourner et d'une voix monocorde :

— J'imagine que si j'appelais la directrice de votre école de... comment dites-vous : d'hôtesses ? C'est bien ça !... elle ne serait pas très fière de vous. Je ne sais ce que furent vos études, mais je sais ce que j'attendais de vous : travail, rigueur, obéissance. Je constate que vous vous tenez, devant moi, d'une façon que je me garderai de qualifier. Je me vois donc obligée de me passer de vos services. Vous rentrerez demain chez vous...

— Non ! Je vous en prie !

Edmée tremblait. En aucun cas elle ne pouvait se retrouver dans une telle situation... vivre à nouveau dans cette petite ville où elle était née et qu'elle avait fuie.

À cet instant, Mme Hore se retourna, sa voix s'attendrit ; c'était la première fois qu'Edmée y percevait de tels accents :

— Eh bien ! Calmez-vous... vous pouvez peut-être vous faire pardonner !

Edmée attendait, n'osant croire à un si prompt revirement :

— Vous irez quinze jours, pour votre punition, chez ma mère : c'est une vieille femme infirme et très autoritaire... plus autoritaire que moi. Vous la soignerez comme je l'entends. Je ne vous cache pas que c'est dur. Mais c'est la seule condition...

Edmée n'hésita pas, de plus c'était un moyen d'échapper à cet individu qui avait menacé de revenir :

— Merci ! fit-elle, reconnaissante.

Mme Hore eut un léger mouvement des narines, huma l'air alentour :

— Du parfum ! Du parfum ! Mais ma petite, vous vous croyez tout permis. Allons, ôtez ces vêtements qui puent. Jetez-les dans ce panier-là et venez.

Edmée se retrouva nue, poussée par Mme Hore jusqu'à la salle de bains :

— Faites couler l'eau ! Entrez dans la baignoire.

Edmée s'exécuta.

Mme Hore se retira un moment pendant lequel la jeune fille entreprit malaisément de se savonner pour faire disparaître l'odeur entêtante. Mais Mme Hore revint, accompagnée cette fois de Martin, qui était tout à la fois son chauffeur, son caviste, son homme de peine :

— Lavez-moi ça ! fit Mme Hore.

Le gros homme retroussa ses manches, saisit l'éponge, la brosse, le savon, se mit à savonner énergiquement Edmée qui en perdit presque le souffle. L'eau bouillante la faisait suffoquer. Alors, tandis qu'elle croyait s'évanouir, la grosse main se fit incroyablement tendre, écarta les lèvres du sexe, passa le gant dans les replis, un doigt, de même, ganté d'éponge ouvrit l'anus, pénétra jusqu'au fond, la força à se soulever légèrement, à s'asseoir dessus. Elle sentit son ventre s'ouvrir à éclater, ses reins se gonfler. Deux doigts étaient maintenant en train de se frayer leur voie dans les entrailles.

Mme Hore, imperturbable, assistait à cette scène dans les nuages de vapeur.

Martin retira enfin sa main et entreprit de laver les seins, les aisselles de la jeune fille ; il faisait chaque fois bien mousser le savon, grattait même, avec l'ongle, là où il lui semblait qu'un soupçon de crasse s'était incrusté.

— Debout ! lança Mme Hore.

Et lorsque Edmée eut obéi, Martin la rinça avec un jet d'eau froide qui la laissa pantelante.

Martin et Mme Hore sortirent alors de la salle de bains. Edmée se sécha, grelottante et dut revenir nue dans le grand salon.

— Vous partirez chez ma mère demain matin, lui dit Mme Hore. Voici, je vous confie cette enveloppe : elle contient vingt mille francs en argent liquide. Vous la lui remettrez.

Edmée inclina la tête. Elle jeta un coup d'œil autour d'elle : ses vêtements avaient disparu.

— Vous trouverez, avant de partir, des habits qui conviennent mieux à ce que j'attends de vous que ceux que vous portez habituellement ! fit Mme Hore. Allez ! Montez dans votre chambre.

Elle lui tendit l'enveloppe. Edmée dut traverser ainsi tout l'appartement.

Comme elle montait les escaliers, elle vit Martin qui ouvrait une bouteille de vin pour le repas de leur patronne et en mirait, dans un verre, la couleur à la lumière. Il leva les yeux et la suivit du regard jusqu'à la chambre.

Elle avançait, nue, l'enveloppe dans ses mains.

La gare

Une fois sur le quai de la gare, Edmée respira avec plaisir : elle éprouvait un agréable sentiment de liberté. Finies, pour un temps, les tracasseries de Mme Hore. Certes, sa mère semblait tout aussi féroce mais, elle, du moins, était âgée et Edmée ne pensait pas qu'elle aurait du mal à lui faire entendre raison.

« Je te dresserai ! se disait-elle en s'adressant mentalement à la pauvre vieille. Et si tu te plains à ta fille, elle prendra tes propos pour du délire. Qui imaginera qu'Edmée, la niaise, la timide, te ligote sur ta chaise pendant qu'elle baise devant toi avec son amoureux ? Je connais la vie à la campagne et je te resservirai toutes les douceurs qu'on infligeait aux vieux autrefois, dans le secret des fermes. Lorsque tu m'auras déplue, tu seras obligée de couver, sous ton gros cul chaud, les œufs de tes poules, et gare à toi si tu les casses. »

Edmée, l'air calme et serein, les joues rosies par

l'émotion du voyage, convaincue depuis l'enfance que les souffrances endurées rendaient les humains plus cruels entre eux qu'ils ne l'étaient naturellement, monta dans son compartiment, étendit les jambes sur la banquette en face d'elle, ferma les yeux.

« Oui, tu verras, la vieille, poursuivit-elle en silence, au fond ce sera drôle de te faire subir tout ce que, moi, pauvre Edmée, j'ai connu auprès de ta fille implacable. Levée à six heures, je t'obligerai à briquer le sol de la cuisine et à me préparer mon petit déjeuner. Tu me l'apporteras au lit et si je ne suis pas satisfaite, ma foi, je t'administrerai une bonne correction sur tes fesses molles. Je te ferai baisser tes grosses culottes et je te fouetterai en te forçant à te tenir à plat ventre au sol... Et puis, puisque je suis censée être ta servante, eh bien, ce sera toi qui deviendras la mienne pendant tout le temps de mon séjour. Tu trimeras, repasseras, et le soir me coifferas des heures durant avec ma brosse dure. Le matin, je veux qu'au réveil tu me masses le corps et l'enduises d'huile parfumée. Si tu te plains, je te menacerai d'appeler le médecin, à qui je dirai que tes divagations m'inquiètent. Je te ferai rougir en t'accusant d'être une vieille pornographe, et tu subiras un traitement de choc si tu ne te contrôles pas davantage. Voilà, la vieille. Tu auras peur et je serai ainsi vengée de ta progéniture... »

Un sourire errait sur ses lèvres tandis qu'elle évoquait le supplice auquel elle soumettrait sa nouvelle maîtresse : lui infliger mille et une misères tout en lui faisant croire qu'elle délirait.

Elle sursauta : une main venait de se poser sur sa cheville :

— Vous permettez ?

Cette voix, elle l'aurait reconnue entre mille, c'était celle de l'inconnu de la veille. Edmée se redressa rapidement, se cala près de la fenêtre et prétendit s'absorber dans la contemplation du paysage. Le train avait démarré depuis quelques minutes à peine.

L'inconnu s'installa en face d'elle comme si de rien n'était, se mit à lire son journal. Excédée, elle décida qu'elle changerait de compartiment mais juste comme elle se levait, le contrôleur apparut :

— Billets, s'il vous plaît !

Edmée ouvrit son sac, prit son billet, le tendit au jeune brun qui lui adressait un sourire engageant. L'autre voyageur fit de même. Mais le visage d'Edmée exprima soudain une inquiétude : l'enveloppe ? Elle se rassit, agitée, vida son sac : rien ! Elle était sûre pourtant de l'avoir placée elle-même dans la poche à fermeture Éclair. On la lui avait volée dans la gare ? Comment expliquer une telle disparition ?

Son cœur battait à se rompre, le contrôleur avait disparu, mais son voisin ne perdait rien de son trouble.

— Qu'est-ce qui ne va pas ? demanda-t-il avec un sourire.

— Rien !

Elle se leva précipitamment, se dirigea vers la cabine téléphonique, traversa les trois wagons qui l'en séparaient, composa nerveusement le numéro de Mme Hore :

— L'enveloppe... Je... Je ne l'ai pas oubliée chez vous ?

— Vous voulez rire ! Je me suis assurée qu'elle était bien dans votre sac, juste avant votre départ...

Pendant qu'elle parlait, Edmée vit à nouveau passer le contrôleur qui lui lançait des regards éloquents.

— Je... Ah mais, oui, je l'ai retrouvée ! excusez-moi ! Elle était cachée par un mouchoir...

Comment dire qu'elle ne la retrouvait plus ? Qu'elle l'avait vraisemblablement égarée ou, ce qui revenait au même, qu'on la lui avait volée ?

Elle revint comme une somnambule à son compartiment sans songer un instant à éviter l'inconnu qui la poursuivait. Avec plutôt, au contraire, le sentiment qu'il pourrait l'aider. L'homme était toujours là, toujours en train de lire. Il vit qu'elle était en larmes, plia son journal :

— Allons ! Avoue que je suis le passant providentiel : que t'arrive-t-il cette fois ? Qu'as-tu volé ? Tu t'es fait prendre ?

— Je n'ai rien volé, tenta-t-elle de protester. Rien. J'avais une enveloppe...

Elle raconta son histoire : c'était plus fort qu'elle, même si elle redoutait la présence de cet individu, elle avait besoin de se confier. Mais peut-être aussi, au fond, éprouvait-elle un plaisir mal défini à être celle qui agençait, d'ores et déjà, tout ce qui suivrait ? À paraître subir alors qu'elle initiait ?

Il lui ôta le foulard de soie qu'elle avait autour du cou et essuya ses larmes. Comme ils se faisaient face, il glissa ses jambes serrées entre celles de la jeune femme, la cala, sexe collé contre ses genoux et continua de caresser sa joue. Peu à peu, elle se calmait.

— Écoute ! fit-il, d'un ton à la fois tendre et autoritaire : je ne crois pas un mot de ton histoire et ta patronne n'y croira pas non plus. Tu as une fâcheuse tendance à chaparder tout ce qui se présente : vingt mille francs c'est encore plus qu'un flacon de *La Ruche.* Je ne dirai rien : ça m'est égal ! Je t'avais prévenue pourtant que tu aurais besoin de moi. Allons, laisse-moi faire, je vais tout arranger...

Il sortit un chéquier. Edmée se rebiffa :

— Laissez-moi ! J'expliquerai tout à Mme Hore ! Je ne veux rien vous devoir...

— Bien ! fit-il en rangeant chéquier et stylo. Mais je t'avertis : je suis prêt à témoigner que je t'ai vu voler dans un grand magasin, puis...

— Taisez-vous !

— Au fait, tu voyages sans billet !

Avant qu'elle ait eu le temps de réagir, il tirait de la poche de sa veste son titre de transport, le jetait par la fenêtre.

— N'aie crainte, murmura-t-il en lui caressant le menton : je paierai ta place s'il y a un nouveau contrôle.

— Que me voulez-vous ?

Elle tremblait et n'avait même plus envie de pleurer.

— Je ne te veux que du bien et je te l'ai dit. J'ai des projets pour toi. Au lieu de résister, reconnais que tu ne peux t'en sortir sans moi. Laisse-moi t'aider. Obéis !

Il avait dit ces derniers mots sur un ton sans réplique et déjà il se saisissait de son sac dont il vidait le contenu par la fenêtre :

— Jusqu'à ce que je veuille tout te restituer à nouveau, tu n'as plus d'identité, plus d'argent, plus de papiers et tu es officiellement désignée comme voleuse par un monsieur dont l'importance saura convaincre tes interlocuteurs. Tu es à moi... et tu n'auras pas à le regretter, sois-en certaine. Je vais te trouver un emploi, petite fille. Lorsque tu auras gagné cette somme que tu as perdue, ou que l'on t'a volée, ou que tu as dépensée... eh bien, je te la remettrai intégralement et tu pourras retrouver la vie de ton choix. Mais jusque-là, obéis !

À la manière dont il répéta ces paroles, Edmée sut qu'elle ne pouvait résister. Elle était totalement dépendante de cet homme qui la dépouillait de son pauvre bien, de ses forces et l'entraînait vers un monde étrange.

Et qu'avait-elle à perdre de si précieux en cette identité seulement décrite sur un papier officiel, et maintenant annulée ?... cet emploi subalterne, ses jeux avec le livreur d'eau ?...

Il enfonça un peu plus ses deux jambes entre les

siennes qu'il forçait à rester ainsi de plus en plus écartées. Puis il se retira et lança :

— Ne bouge pas ! Reste dans cette position.

Il alla vers le couloir, fit un signe et quelques instants après, le jeune contrôleur, surpris, apparut. L'homme le poussa dans le compartiment, ferma la porte, baissa les rideaux.

— Vous lui faites très envie ! lui dit-il. Allez-y ! Et n'ayez crainte.

Le jeune homme sembla hésiter un instant :

— N'ayez crainte, je vous le dis... tenez ! Elle ne criera même pas.

L'homme utilisa le foulard avec lequel il avait séché ses larmes pour la bâillonner.

Edmée regardait le jeune contrôleur avec des yeux de terreur qui l'excitèrent au plus haut point.

L'homme le retint un instant par la manche :

— Attention ! N'agis pas n'importe comment ! Tu va lui enlever ses vêtements lentement, les uns après les autres, jusqu'à ce que je t'arrête.

Il commença par la culotte, en lui pinçant les fesses pour qu'elle se soulève bien de son siège. La touffe sombre apparut sur la banquette et le garçon l'effleura des doigts avant de tirer un peu méchamment sur les poils. Il voulut défaire les bas : l'homme l'arrêta :

— Le haut maintenant !

Il déboutonna le chemisier, fit saillir les seins des bonnets du soutien-gorge.

Puis, à cet instant, il sembla qu'il ne pouvait plus attendre les ordres de l'autre, il força Edmée à se lever en la portant à demi, il la fit se tenir debout, jambes écartées sur les deux accoudoirs des sièges de chaque côté de la fenêtre, puis il coinça les mains de la jeune femme entre la vitre à peine entr'ouverte et le montant de métal. Il approcha ses lèvres de la toison noire, la mordit, la lécha longuement. Edmée finit par jouir dans sa bouche tandis que ses bras ainsi écartelés étaient à la torture.

Le garçon allait défaire sa braguette lorsque l'homme le retint :

— Assez ! laisse-la maintenant.

Déçu, il s'exécuta cependant et disparut. Edmée portait toujours le bâillon, elle était toujours à demi dévêtue. L'homme s'approcha d'elle, lui intima l'ordre de se retourner et l'aida à le faire.

— Tu feras le voyage ainsi, offerte aux éventuels regards de ceux qui observent les trains ! Quand nous arriverons, tu seras prête !

À quoi ? Edmée l'ignorait. Elle sentait maintenant le froid de la vitre sur son ventre, son pubis, ses seins. Elle avait l'impression de se disloquer et ne gémissait même plus.

Il s'assit, reprit son journal, tandis que, de temps à autre, il glissait sa main entre ses jambes nues ou, d'un doigt, lui pénétrait l'anus. Elle l'entendit qui allumait une cigarette. Elle pleurnicha dans l'espoir d'être libérée.

Il fit celui qui ne prêtait pas attention à elle, puis comme elle se plaignait à nouveau, elle sentit une horrible brûlure sur ses fesses. Il ne se contentait pas de l'effleurer, ou, de lui faire peur, il insistait, enfonçait le bout incandescent de sa cigarette dans la chair cachée comme pour bien y laisser la marque douloureuse.

Edmée ne retint plus ses larmes qui coulaient le long de sa joue, de son cou. Puis soudain, il la souleva très délicatement, la libéra du bâillon, de l'emprise de la fenêtre sur ses mains, la prit dans ses bras et l'assit à la place qu'elle avait occupée au départ du train.

Il plaça son pied chaussé entre ses jambes, appuya le talon sur le sexe nu et lentement, sans cesser de lire son journal la fit jouir sur son siège.

Puis il la força à s'approcher, se mettre à genoux. Il saisit au-dessus de lui, sur le porte-bagages, une couverture, en recouvrit Edmée et guidant sa main en dessous, lui fit déboutonner sa braguette, prendre son sexe dans sa bouche. Il ne bandait pas encore, Edmée s'émut de cette prometteuse et passagère fragilité. Elle ne pensa pas un instant à se venger, à lui faire mal : le gland avait la douceur du satin, peu à peu, les veines frémissaient sous la peau fine. Edmée en caressa d'abord, de la langue, l'arête, puis, elle fit remonter les couilles en les frottant dans sa main, enfin, elle commença à sucer, d'abord par petits lapements comme ceux d'un jeune chien, bientôt, avec une vigueur accrue, enfonçant la verge dans sa gorge au point qu'elle en perdait le souffle. Soudain, le sperme jaillit, onctueux, goût âcre et laiteux à la fois...

Il lui caressa tendrement la tête. Elle la posa entre ses jambes, s'enivrant de l'odeur qui émanait de lui et que sa bouche avait fait surgir.

Quel lien se tissait donc ainsi entre eux ?

Où l'emmenait-il ?

Elle avait tout à craindre mais elle savait qu'elle ne pouvait revenir en arrière.

— Nous arrivons bientôt, fit-il !

— Ce n'est pas là qu'habite la dame chez qui...

— Chut ! Tu iras la retrouver lorsque tu auras gagné cette somme que tu lui dois.

— Il se tut, se prépara à descendre. Elle en fit autant.

— Tu seras surprise ! lui dit-il.

La chambre

Edmée avait fait la première fois l'amour à seize ans, dans sa ville, et elle avait eu, là, la révélation du plaisir.

Du moins le crut-elle jusqu'au jour où l'inconnu la fit descendre dans une gare déserte, presque au terme du parcours du train. Tandis qu'elle était agenouillée entre les jambes de l'homme, elle avait aperçu, par la fenêtre, des panneaux qui indiquaient son lieu de destination. Mais avait-elle une destination réelle maintenant ? Et qui était-elle au juste ? Ses papiers avaient été dispersés au vent, elle n'avait plus un sou et si elle se faisait reconnaître, ce serait sans doute pour être accusée de vol. Ainsi, mieux valait sombrer dans cette absence d'existence qui lui ôtait même la nécessité de résister, de s'interroger. Il décidait pour elle.

Lorsqu'ils se retrouvèrent sur le quai, elle voulut prendre sa valise, il l'en empêcha d'un geste :

— Inutile ! Là où nous allons, tu n'en auras pas besoin.

Il l'ouvrit prestement, la renversa et le vent qui soufflait emporta les quelques effets d'Edmée ici et là ; une de ses robes resta accrochée aux rails.

Elle avait cependant encore son sac en bandoulière qui contenait le parfum.

Il hésita un instant, le lui laissa, et, comme lorsqu'ils s'étaient vus la première fois devant le grand magasin, il lui prit le coude et la força à marcher à son pas. Il la conduisit dans l'hôtel qui se trouvait juste en face de la gare. Pourquoi choisissait-il un lieu si sordide, lui qui avait promis de l'étonner ?

Dès qu'ils entrèrent dans le hall, le standardiste lui tendit une clé et hocha vaguement la tête : ainsi, l'homme qui la guidait était un habitué ? Edmée recommença à avoir peur. Et si elle était entre les mains d'un maniaque ? Puis, tous les récits terrifiants de son adolescence sur la traite des Blanches lui revinrent. Allait-elle se retrouver prisonnière d'un dangereux réseau ?...

Tandis que ses pensées caracolaient, ils avaient atteint l'ascenseur : une vieille cage de fer forgé, grinçante et qui évoquait les films américains des années trente. Il y avait même une banquette en bois sur laquelle il s'assit ; il posa ses mains sur les hanches de la jeune femme et tandis que l'ascenseur se hissait péniblement, défit sa jupe qu'un seul bouton retenait sur le côté, ôta sa culotte, puis dégrafa le chemisier. Il en était juste là lorsque l'ascenseur s'arrêta. Il ouvrit les portes de fer, les lui tint avec un excès de courtoisie, et l'entraîna dans le couloir sans qu'elle ait pu prendre ses vêtements restés sur le sol recouvert d'un tapis rouge. Il lui demanda d'attendre, debout, les yeux fixés sur le numéro de la porte : 107, jusqu'à ce qu'elle reçoive un autre ordre.

— Même si tu ne me vois pas, je ne serai pas loin, lui glissa-t-il à l'oreille. Fais exactement ce qu'on te dit de faire.

Au bout de quelques instants, elle entendit à nouveau l'ascenseur s'arrêter, des pas derrière elle, un homme, qu'elle reconnut, c'était le standardiste. Il prit la clé qui avait été introduite dans la serrure. Elle sentit ses mains qui écartaient ses fesses, faisaient pénétrer un doigt, deux, trois, les ongles l'éraflaient parfois. Puis ce fut un contact froid, métallique qui traversa ses reins, entra de plus en plus profond.

La clé, après s'être frayée un passage, allait et venait, lui déchirait les entrailles, et toujours, juste au bord de l'anus, des doigts la forçaient à s'écarter encore et encore. Un liquide gluant s'écoula hors d'elle, la clé lui faisait toujours mal mais elle glissait mieux maintenant et, seules, les arêtes tranchantes continuaient de la déchirer. Finalement, le standardiste la retira, la glissa à nouveau dans la serrure, disparut.

L'homme s'approcha à nouveau, la fit entrer dans la chambre. Il tenait en main la clé et Edmée sentit malgré elle les larmes lui venir aux yeux devant ce qui avait été un instrument de torture. Il la regarda, sourit.

— À moi, maintenant. Écarte les jambes.

Puis il lui enfonça la clé dans le vagin, non du côté du panneton cette fois, mais du côté de l'anneau. Il tournait la branche de droite à gauche au fur et à mesure qu'il l'enfonçait.

Elle sentit qu'elle se contractait tandis que la tenaillait la peur de voir l'objet se planter dans son ventre. Mais il le retira bientôt, le posa sur la table, au centre de la chambre.

Il ouvrit grandes les fenêtres : elles donnaient sur la gare et elle eut l'impression de rattraper, dans un miroir, l'image d'elle-même, nue, debout, devant la vitre du compartiment.

— Tu as compris ! fit-il d'un air satisfait. Va, prends la pose.

Soudain une bouffée de colère l'envahit : elle ne se laisserait pas dominer ainsi. Mieux valait peut-être, après tout, la prison... Et d'ailleurs, elle n'avait rien volé, alors !...

— J'en ai assez ! protesta-t-elle. Appelez la police. Appelez qui vous voulez, ça m'est égal. Je ne peux plus supporter cela et...

Une gifle s'abattit sur son visage et la fit tituber. Elle n'eut pas le temps de se ressaisir qu'une autre, de l'autre côté, la jetait presque au sol.

— Au secours ! cria-t-elle. Au secours !...

Il la regarda, amusé :

— Mais qui appelles-tu ? Je vais te faire plaisir. Nous allons demander à toute la maisonnée de monter.

— Non ! supplia-t-elle.

Mais il ne l'écoutait pas.

Il sonna et arrivèrent immédiatement une jeune fille vêtue en femme de chambre, un garçon aux allures de majordome et le standardiste...

— Elle souhaite que vous veniez l'aider ! lança-t-il, ce qui provoqua un éclat de rire de tous les nouveaux venus.

La femme de chambre s'approcha d'Edmée et lui arracha les vêtements qui lui restaient puis la conduisit prestement dans le lit. Elle la coucha comme un enfant malade en la bordant soigneusement. Edmée s'étonnait de n'avoir soudain pas plus de force que si elle eût été vraiment une toute petite fille.

— Bois ! fit la femme en entr'ouvrant ses lèvres et y introduisant de force le goulot d'une bouteille.

C'était une étrange liqueur, forte et parfumée qui lui rappelait une saveur connue, mais Edmée, au fur et à mesure qu'elle absorbait le liquide, se trouvait incapable de penser et plus encore de réagir. Elle ne dormait pas, non, elle avait assez de conscience pour comprendre tout ce qui se passait, mais une torpeur la prenait contre laquelle elle ne pouvait rien.

Quand elle eut terminé, la femme de chambre la découvrit et prit un autre flacon dont elle utilisa le contenu pour masser doucement le corps d'Edmée : elle passa d'abord ses mains derrière la nuque, juste en son creux, puis plusieurs fois, lentement, entre les seins, enfin, sur les seins, le ventre, les jambes.

À un geste qu'elle fit, le majordome et le standardiste retournèrent Edmée sans résistance, et elle se mit à masser ses fesses.

Edmée avait la sensation d'être transpercée par de multiples aiguilles qui lui faisaient mal et excitaient chacun de ses sens.

L'inconnu, cet homme dont elle dépendait, contemplait la scène à quelques pas et tel un chef d'orchestre très discret, donnait, d'un geste de la main, une indication à l'un ou à l'autre. Ils l'étendirent à nouveau sur le dos, et la jeune femme lui écarta les lèvres avec soin, puis se saisit d'un entonnoir et l'enfonça dans la vulve pour verser le reste du flacon...

La Ruche ! Edmée se souvint de ce que l'homme lui avait fait subir le premier jour. Cette fois, c'était tout un essaim d'abeilles contenu dans le mystérieux parfum que l'on introduisait à l'intérieur de son corps. Elle se mit à crier, à se tordre, déchirée entre la souffrance et la demande qu'elle provoquait. Les deux hommes la maîtrisèrent en lui tenant chacun un bras, une jambe. Elle criait, mais dès qu'elle ouvrait la bouche, la femme de chambre se penchait et plantait sa langue contre son palais, lui caressait les dents, la langue, à l'étouffer. Ils finirent par la ligoter avec les draps aux montants du lit et s'écartèrent un moment.

L'homme s'approcha d'elle :

— Ça ne dure que quelques instants et si c'est douloureux au début, on finit par s'y habituer, par en redemander : c'est une drogue que l'on trouve vite délicieuse. À condition de bien comprendre qui la dispense, pour quoi, et comment.

Tandis que des serpents de feu la traversaient, il s'allongea sans s'être dévêtu, à son côté :

— Seras-tu bien soumise ?

— Oui !

— As-tu compris ?

— Oui !

— Tu risques la prison, ou pire... Mieux vaut choisir ces découvertes que je t'offre.

Il plaça un drap sur son visage : elle ne pouvait plus rien voir et ses liens l'immobilisaient.

Plusieurs mains se mirent à parcourir son corps, à le caresser jusqu'à la faire hurler de désir. Puis, elle sentit le poids d'un corps d'homme sur elle. Elle le reconnut : ce ne pouvait être que lui. Pourquoi l'espérait-elle ainsi ? La douceur des poils de sa poitrine faisait frémir ses seins.

Elle l'entendit ordonner :

— Tenez ses jambes, ses bras et faites lui doucement mal.

Il la pénétra d'un coup sec tandis que les autres s'appliquaient à tordre en toute lenteur ses chevilles, ses poignets. L'effet provoqué par l'injection de parfum avait été d'assécher ses muqueuses : le sexe de l'homme la labourait comme une terre brûlée. Il déchargea finalement en elle et lorsqu'il se fut retiré, un autre sexe la prit, puis un autre encore. L'odeur du parfum se mêlait à celle de la sueur et du foutre, plus tenace encore que les liens qui entravaient ses mouvements.

La dernière à la prendre fut la femme. Elle exigea qu'on l'exposât nue à la fenêtre, coudes appuyés au rebord comme si elle regardait passer les trains et les gens.

— Si tu bouges, si tu cries, tu seras punie, lui dit-elle.

Edmée ignorait en quoi pouvait consister cette punition mais elle essaya de ne pas broncher.

La femme était assise entre ses jambes largement écartées et excitait son clitoris avec les pointes d'une fourchette.

Elle retournait parfois la fourchette pour l'écarter avec le manche, puis elle recommençait. Finalement, elle jeta l'instrument et, à genoux, mordilla de ses dents le clitoris irrité, jusqu'au moment où une liqueur de jouissance s'écoula d'Edmée, abondante, dans sa bouche.

Dans la rue, des passants insultèrent la jeune fille qui s'exhibait ainsi. Les hommes fumaient au fond de la pièce. L'un d'eux repoussa la femme de chambre et s'agenouilla à son tour après avoir demandé à Edmée de se retourner. Il appuya ses lèvres contre son orifice et envoya à l'intérieur un nuage de fumée brûlante. L'autre en fit de même et ils fumèrent ainsi une cigarette entière en inspirant chacun à son tour la fumée que le précédent avait expiré, un peu comme les prisonniers le font à l'aide d'une bouteille. Un échange très intime qu'elle ne maîtrisait pas se produisait ainsi entre eux, dont Edmée n'était que le prétexte.

Edmée, brûlée, épuisée d'un plaisir immaîtrisé,

revit soudain, comme l'éclair, le flacon géant dans la vitrine du grand magasin : n'était-il pas formé de deux corps enlacés ?

Son regard croisa celui de l'homme. Il hocha la tête, comme s'il lisait dans ses pensées et voulait lui signifier qu'elle ne s'était pas trompée. D'un geste, il congédia ses comparses.

Lorsqu'ils furent seuls, il la prit dans ses bras, lui murmura :

— Mon nom est Ben. Je ne t'ai pas menti : tu vivras des choses étonnantes. Tu gagneras bien plus que la somme que tu as perdue. Ensuite, tu seras libre. Mais peut-être le regretteras-tu.

Il la porta jusqu'au miroir : ils firent l'amour debout, enlacés comme les deux corps qui formaient les flancs du flacon. Edmée vit en jetant par hasard un coup d'œil à leur reflet, qu'ils semblaient coulés, tous deux, au cœur du verre.

Le portail

Il arrêta sa voiture devant un portail de fer forgé recouvert de lierre, vraisemblablement, l'entrée de quelque château car on voyait, au loin, une allée de graviers qui menait à une bâtisse élégante du XIXe siècle. Les grilles qui entouraient le parc étaient, elles aussi, recouvertes d'un lierre foisonnant. Des liserons blancs mettaient une note innocente sur ce paysage luxueux. Ben sortit le premier pour aller lui ouvrir la portière et, comme elle voulait enjamber le bord, il la retint par le genou, se pencha, lui ordonna de s'allonger sur les coussins. Il passa ses doigts dans l'échancrure de sa culotte et se mit lentement à la travailler ainsi ; elle avait, bien qu'elle fût à l'intérieur de la voiture, la certitude que des dizaines d'yeux étaient fixés sur eux. Lorsqu'elle eut joui, il lui caressa les narines de ses doigts englués...

— Respire ! dit-il, hume ! C'est cela le parfum.

Puis, il enfonça la tête entre ses jambes ; il fourrait son nez dans sa fente et léchait la liqueur qui s'écoulait d'elle. Brusquement, il la tira par les pieds et la fit tomber au sol, visage contre terre :

— Respire maintenant la terre et l'herbe ! Ne bouge plus. Tandis qu'elle restait immobile, la joue irritée par les graviers, il lui ôta sa jupe, sa culotte, lui écarta les fesses, puis alla se planter devant elle, les deux pieds de chaque côté de la tête :

— Tu resteras ainsi, jusqu'à ce qu'on te dise de te relever. Tu me retrouveras, mais plus tard. En attendant, obéis à qui se présente à toi.

Combien de temps resta-t-elle ainsi ? Elle tremblait tandis que l'humidité du sol la transformait, eût-on dit, en un branchage que la mousse recouvrirait de sa dangereuse douceur... et toujours cette incroyable sensation d'être transpercée par des regards innombrables.

Le crépuscule approchait : on l'avait abandonnée là et oubliée... Elle pouvait se libérer. Elle replia ses jambes et soudain, une lanière de cuir s'abattit sur ses cuisses nues.

— Compte ! fit un homme qu'elle ne connaissait pas.

Les coups se succédaient. Elle ne dit rien, brûlée par le cuir qui rougissait sa peau. Elle eut même l'impression qu'elle saignait.

— Je t'ai donné dix coups de fouet et tu n'as pas compté ! Tu en auras vingt : compte.

Et la douleur redoubla, régulière, chaque fois accompagnée de sa propre voix qui scandait :

— Un ! deux !... quatre... ! cinq... !

Après les vingt coups annoncés, elle sentit une main caresser sa chair meurtrie et un doigt rugueux cueillit le sang qui perlait.

— Le flacon ! crut-elle entendre.

Puis, à nouveau, ce doigt épais qui ramassait le long de la blessure les gouttes de sang la parcourut, comme s'il traçait sur son corps de rouges et odorantes arabesques.

Soudain, l'homme changea de place, se posa comme Ben tout à l'heure, les deux pieds de chaque côté de sa tête, il s'accroupit, la saisit par les cheveux et lui planta son vit bandé dans la bouche. La nuit était maintenant tombée et elle distinguait à peine les formes. Pendant qu'elle suçait, le cou tendu, des larmes ruisselant sur son visage tant elle avait mal encore, un autre homme s'allongea sur elle et la pénétra par-derrière. Il la défonçait et broyait ses hanches entre ses mains. Ils la laissèrent choir tous deux, presque en même temps, lorsqu'ils eurent fini de jouir ; du sperme s'écoulait de sa bouche et de son anus refermé. Allait-elle rester ainsi toute la nuit ? Et que lui arriverait-il si elle bougeait ?

Une forme se pencha vers elle, s'affaira : des mains de femme. Elles lui ôtèrent les quelques vêtements qui lui restaient — le chemisier, le soutien-gorge —, lui passèrent rapidement un baume sur ses blessures, l'enveloppèrent d'une sorte de mante et l'aidèrent à se relever.

Edmée ne distinguait pas, dans l'obscurité maintenant complice, le visage de son inquiétante bienfaitrice. Une peur panique la prit : quels liens entre le monde réel d'où elle venait et ce lieu où les ombres se livraient à de telles violences ? Où était Ben et qui était-il ? Elle ne pouvait se laisser enfermer ici... Qui s'inquiéterait de sa disparition ?

Elle fit volte-face, tenta de se mettre à courir : ses pieds se prirent dans la mante dont l'ampleur et la longueur étaient insoupçonnées. Elle retomba dans les bras de la femme et celle-ci, avec une force et une dextérité incroyable, lui passa au poignet une corde de chanvre qu'elle serra fortement, puis une autre aux chevilles en lui laissant juste assez de jeu pour marcher.

En tirant sur une extrémité de la corde comme s'il s'agissait de la longe d'une chèvre, elle la força à la suivre. Elles marchèrent dans l'allée de graviers, Edmée trébuchait souvent, et les pierres du chemin lui faisaient mal.

— Plus vite ! prononça pour la première fois son mentor en lui écrasant les orteils de sa grosse chaussure.

Edmée gémit.

— J'ai dit plus vite ! fit l'autre en répétant son geste.

Elles entrèrent dans le château par une porte latérale, traversèrent un couloir mal éclairé, si bien qu'Edmée ne parvint pas encore à voir son accompagnatrice. Puis elles arrivèrent dans une chambre qui ressemblait assez à une cellule : murs blanchis à la chaux, lit de fer étroit, draps blancs qu'on devinait rigides. Un miroir ornait, à angle droit, une partie de chaque paroi.

La lumière ici était très claire et Edmée put constater que la femme qui l'y avait conduite devait être âgée d'une trentaine d'années... ce qui lui inspira le respect. Son visage était orné de bandeaux de cheveux noirs coiffés en chignon bas.

— Bien ! fit-elle sur un ton un peu plus amène. Je suis chargée de te préparer à d'autres étapes. Appelle-moi « Madame », c'est ainsi que me nomment les autres.

— Les autres ? interrogea timidement Edmée.

— Tes compagnes ! Les abeilles laborieuses...

Edmée eut envie de rire devant ce vocabulaire qui lui parut ridicule mais l'autre s'en aperçut et comme si elle eût été une enfant de dix ans, lui envoya une gifle magistrale.

— Je vais soigner tes blessures, t'apprendre à savoir ce qu'on attend de toi et t'apprendre à devenir, toi aussi, une abeille laborieuse.

Cette fois, Edmée n'eut pas l'ombre d'un sourire.

La femme lui ôta sa mante, la poussa sur le lit sans avoir défait ses liens.

— Nous verrons plus tard ! fit-elle. Quel âge as-tu ?

— Dix-sept ans.

— Dix-sept ans, Madame !

— Dix-sept ans, Madame ! répéta docilement Edmée.

Elle tentait de se rassurer en se disant que la disparition d'une jeune fille ne passerait pas inaperçue, que la police serait bientôt à sa recherche.

« Madame » était diabolique, elle semblait lire dans ses pensées.

— Tu as écrit à ton ancien employeur, Mme Hore, pour lui dire que tu renonçais à ta tâche. Tu lui as renvoyée la somme qu'elle t'avait confiée et tu lui as demandé de te laisser en paix...

— Moi ! s'exclama Edmée. Mais, non !...

Terrifiée, Edmée comprenait qu'elle était victime d'une machination : Ben avait tout agencé.

Madame s'approcha de la fenêtre, huma avec satisfaction l'air de la nuit, ferma les volets :

— Tu n'es recherchée par personne, petite ! Et si tu cries, ici, évidemment, personne ne s'émouvra ; personne, d'ailleurs, ne t'entendra... Alors, mieux vaut, pour toi, être sage...

Elle ferma les volets avec un petit rire. Edmée était perdue, au cœur de la nuit, elle dépendait entièrement de la volonté de ceux qui pouvaient la tourmenter à leur guise.

Madame s'approcha, caressa lentement ses seins, en excita la pointe d'abord entre deux doigts, puis de sa langue.

Elle laissa glisser son index, s'attarda sur le nombril, fourragea dans les poils de la motte qu'elle tirailla un peu, puis le glissa entre les jambes. Elle n'alla pas d'abord au clitoris mais agaça le bord des lèvres, avec nonchalance, elle les écarta doucement, en gratta la chair tendre, son doigt enfin s'enfonça dans le trou sombre ; il tournait en vrille. Edmée sentait des milliers de petites sources s'éveiller au fond de son ventre, ruisseler joyeusement le long de ses parois secrètes. À cet instant, Madame se pencha, but à la source l'eau dense qui s'en échappait, défit les liens d'Edmée puis lui demanda :

— Dénoue mes cheveux !

Edmée, obéissante, subjuguée, plongea ses mains dans la chevelure de soie noire, en tira quelques épingles qui la retenaient : elle s'épandait, luxuriante sur les épaules de sa maîtresse qui alors ordonna :

— Ôte mes vêtements !

Edmée enleva d'abord la chemise noire, puis le pantalon de cuir qui tomba sur les chaussures trop lourdes, celles qui avaient si méchamment écrasé ses pieds dans l'allée. Edmée regarda son initiatrice, fesses nues, seins nus, jambes entravées par le pantalon et brusquement, elle la fit à son tour basculer sur le lit. Ce fut Edmée, cette fois, qui ligota quasiment sa compagne à l'aide de ses vêtements. L'autre souriait : Edmée se pencha sur son cou, écarta la masse de cheveux noirs, planta sa langue, petite, pointue, dans la nuque et descendit lentement le long de la colonne vertébrale, de la fente, entre les jambes, jusqu'à la vulve. Elle s'y engouffra, en suivit la sinuosité. Madame gémissait et fermait les yeux. Edmée enfonça sa tête et mordit violemment le clitoris.

L'autre sursauta, poussa un cri de douleur, saisit Edmée par les cheveux et les deux femmes s'étreignirent un bref instant comme dans une lutte. Puis Edmée sentit la langue de sa partenaire lui entrer dans la bouche, caresser ses dents, gober sa langue et sucer sa salive.

Les draps froissés et gluants collaient à leurs jambes.

— Je vais soigner tes plaies, murmura Madame qui se leva à regret.

Edmée suivit des yeux sa croupe large qui ondulait tandis qu'elle se dirigeait vers une malle de métal ornée de clous. La raie des fesses était ombrée de duvets noirs qui faisaient des dessins d'encre sur la peau très blanche. Quelques poils doux et frisés marquaient le dos des cuisses. Edmée pensa que, malgré sa terreur première, elle éprouvait un étrange plaisir, inconnu d'elle jusque-là, à découvrir ce mélange de force virile et de féminité : elle n'avait jamais soupçonné qu'il pût y avoir de la subtilité à ces jeux entre femmes et Madame le lui révélait... c'était cela que Ben lui avait promis.

Madame était arrivée à la malle de fer-blanc, l'ouvrait et en retirait une fiole pleine d'un liquide pourpre, épais comme une liqueur de cassis. Elle revint vers Edmée et se mit à oindre tout son corps de ce baume : elle avait l'impression délicieuse d'éprouver un instant une douleur intense, là où le fouet avait déchiré la chair puis la douleur était remplacée par une sensation de chaleur proche de la brûlure : elle coulait à même les plaies, creusait un sillon et se transformait en lait tendre, qui apaisait la blessure et le feu.

Madame retourna, de sa démarche lente, vers la malle tandis qu'Edmée, toujours allongée sur le ventre, jambes écartées, observait à nouveau les filaments noirs qui ornaient son cul et projetait de les lui arracher un à un, à leur prochaine étreinte, là, d'un coup sec, pour l'entendre pousser un petit cri de surprise et de brève souffrance.

Madame revint cette fois avec un compotier plein de pétales de fleurs diverses. Elle en prit une poignée et frotta doucement la nuque, les chevilles, les reins de sa captive.

Puis, elle massa le visage, les oreilles, la bouche, emplissant parfois de ces pétales broyés les narines d'Edmée qui suffoquait de ne pouvoir respirer et d'être soudain envahie par un parfum si fort qu'elle n'en connaissait pas de pareil... *La Ruche* ? Une des essences qui le constituaient, plutôt.

Ce parfum agissait sur elle comme un élixir mystérieux : elle vit basculer les meubles, les murs, Madame ; une torpeur l'envahissait qui la laissait dolente, incapable de résister à quoi que ce fût ; ses bras, ses jambes, étaient lourds, sans volonté. Elle-même n'était qu'une poupée de chiffon.

Alors, Madame joua avec elle comme si elle n'avait vraiment été que cet objet à forme vaguement humaine. Elle lui fit plier les jambes de manière à écarter légèrement l'anus qu'elle travailla d'abord avec son doigt, puis elle l'enduisit de la liqueur pourpre et la lécha longtemps. Edmée sentit le liquide de la jouissance s'écouler encore sur le lit. Madame roula alors une mèche de ses cheveux autour de l'annulaire et sécha ainsi le trou rose, veiné de bleu, ouvert. Edmée ne parvenait pas à réagir autrement que par des spasmes de plaisir qui la secouaient, provoquaient en elle ces flots odorants. Puis Madame la retourna sur le dos, lui releva les jambes au-dessus de la tête et les attacha de chaque côté aux montants du lit. Le sexe était ainsi totalement offert. Elle versa, à l'intérieur, un peu de cette liqueur et recueillit ce qui s'écoulait sur l'aine et dans les plis de la cuisse, par petits coups de langue.

Puis elle s'éloigna à nouveau : Edmée n'était plus que cette coque involuée, tête entre les seins, dos courbé, jambes ouvertes sur l'huître nacrée. Madame revint : elle tenait un flacon.

— *La Ruche* ! murmura-t-elle, puis avec précaution, elle l'introduisit dans le con d'Edmée, le fit aller et venir comme s'il se fût agi d'un godemichet, avant de déverser un parfum qui lui déchira les entrailles : elle reconnaissait la douleur, c'était la même, multipliée par cent qu'elle avait éprouvée lorsque Ben, dans la rue, devant chez Mme Hore, avait baigné ses lèvres de cet élixir.

Madame cueillit ensuite, avec une minuscule cuillère, au bord du sexe, puis en dedans, la liqueur de jouissance qui s'échappait d'elle-même au suintement de la plaie que l'alcool avait provoquée.

Elle se débattit légèrement et madame la laissa libre de reprendre la pose qu'elle voulait, mais le répit fut de courte durée.

— Ici, fit-elle en lui caressant l'épaule avec douceur, nous donnons beaucoup d'importance à la parure... Mais au fait, sais-tu qui tu es ?

— Non ! fit Edmée qui s'alanguissait sous cette caresse.

— Nous sommes les ouvrières qui fabriquons le parfum le plus réputé du monde : *La Ruche* ! S'il exerce un tel attrait sur les uns et les autres, c'est qu'il est fabriqué d'une manière qui n'a rien de commun avec ce que l'on connaît : ses essences sont de fleurs et de femmes et... mais tu en sais assez pour le moment, tu en apprendras plus demain. Les abeilles se doivent d'être initiées : je suis là pour ce faire. Lève-toi.

Le ton avait changé ! Edmée, curieuse et inquiète, obéit. Là-dessus, Mme se dirigea à nouveau vers la malle, en sortit un corset, des liens de cuir... Elle passa le corset à Edmée, broya sa taille pour le fermer : les seins se gonflèrent comme s'ils étaient pleins de lait, elle étouffait et chaque fois qu'elle tentait de respirer, les agrafes métalliques lui entraient dans la chair. Au-dessous, les fesses, comme les seins, parurent énormes. En un geste rapide, Madame, la prit à nouveau par les cheveux, lui pencha la tête en arrière et lui passa un collier de cuir, en lui ordonnant de garder la pose, puis elle écarta ses jambes, les enserra chacune dans une lanière de cuir qui se croisait dans le dos — elle finit ainsi par la suspendre à des crochets, fixés au plafond et qu'Edmée n'avait pas encore remarqués. Madame calcula la hauteur de manière à ce qu'Edmée fût toujours obligée d'être sur la pointe des pieds et ne puisse vraiment toucher terre. Des crampes commençaient à raidir ses jambes, ce que voyant, Madame lui pinça les veines pour que la souffrance remonte plus encore, passe du mollet à la cuisse. Edmée gémit, tenta de relever la tête : son initiatrice noua ses cheveux avec une autre lanière qu'elle fixa cette fois au sol.

Edmée ne sut pas combien de temps elle resta ainsi suspendue, ouverte. Sa compagne ne semblait pas plus s'occuper d'elle que si elle eût été hors de la chambre. Elle émit une plainte, puis une autre, pour essayer de l'attendrir : Madame, d'abord, fit celle qui n'entendait pas, puis, irritée, s'approcha et resserra chacun des liens.

— Chaque fois que tu murmureras contre ce qui t'est imposé, je serrerai plus fort.

Combien de temps la laissa-t-elle ainsi ? Les larmes finirent par sécher sur le visage d'Edmée.

Puis la lumière de la chambre s'éteignit, seul un spot resta allumé, dirigé vers Edmée et l'illuminant comme un objet précieux dans une vitrine. Madame, allongée sur le lit, lisait un magazine et fumait.

Après un temps fort long qu'Edmée était incapable de mesurer, Madame se leva, approcha un grand verre de sa bouche : il contenait du champagne. Edmée sentit les bulles pétillantes apaiser sa soif, mais aussi, comme elle ne parvenait pas à boire convenablement, le champagne s'écoulait à la commissure des lèvres. Madame le recueillait avidement et parcourait son corps de sa bouche. Elle but ainsi dans son cou, puis une fois, arrêta une goutte qui glissait sur le mamelon qu'elle téta un moment et comme la chair d'Edmée frémissait de plaisir, d'un petit coup de ses canines pointues, elle mordit la fragilité soyeuse. Edmée ne put cette fois retenir un autre cri de douleur.

— Tu te plains ? fit Madame... Alors, recommençons !

Et ce fut un verre deux fois plus grand qu'elle lui fit absorber, puis, sans lui laisser de répit, un autre encore. Edmée, tête renversée, sentait que l'ivresse l'entraînait comme une barque à la dérive. Tout son corps éclatait, les objets tournaient autour d'elle qui, depuis longtemps, avait perdu tout équilibre.

Elle eut soudain une furieuse envie de pisser et murmura, comme une toute petite fille : « pipi ».

Madame éclata de rire...

— Retiens-toi !

Elle se mit alors à titiller son sexe avec un verre, tout en grondant :

— Ne laisse pas sortir une seule goutte, ou gare !

Son ventre allait se déchirer, elle était sur le point de laisser s'échapper l'urine lorsque l'autre lui mit le verre au creux de la main :

— Allez ! Pisse là-dedans et surtout cale bien ta chatte.

Elle se libéra mais le liquide jaune et mousseux déborda du verre, baigna sa main. Madame lui prit le récipient, avec précaution, alla en emplir une fiole comme celle qu'utilisent les chimistes puis revint : entre les jambes d'Edmée, au sol, l'urine avait fait une petite flaque sombre.

Madame ne dit rien : détacha la jeune fille fourbue, lui massa avec affection les poignets, le cou, desserra le lien des jambes puis ordonna :

— À genoux, nettoie !

Edmée ne semblait pas comprendre, elle s'impatienta :

— À genoux, avec ta langue : lèche !

Edmée s'exécuta et tandis qu'elle était ainsi croupe en l'air, Madame desserra son corset, la mit nue et la chevaucha.

Elle s'activait, prise dans le vertige du champagne qui ne s'était pas encore dissipé et cette nausée douceâtre que son geste engendrait, elle sentait sur ses reins, la touffe de poils épais et rêches qui se frottait à elle.

— Maintenant, fit son initiatrice, nous avons franchi le portail et nous allons y retourner. On t'y attend.

Lorsqu'elles quittèrent la pièce, Edmée eut l'impression que c'était bientôt l'aube. Elle frissonna à l'air frais de la nuit et traversa à nouveau le parc en sens inverse.

Lierres et femmes

Lorsque Edmée fut arrivée au bout de l'allée et que Madame l'eut fait grimper sur le rebord de pierre dans lequel se plantaient les sculptures métalliques du portail, elle comprit la sensation qu'elle avait éprouvée à son arrivée tandis que Ben et les deux inconnus la possédaient : comme attachées au lierre, mêlées à ses branches, ses feuilles, des femmes debout, de face ou de dos, étaient forcées à l'immobilité des statues.

Certaines étaient absolument dévêtues, d'autres portaient un léger pagne autour des reins pour exciter le désir de qui, en passant, voulait le leur ôter.

— Tu vas rejoindre tes compagnes pour le reste de la nuit, expliqua Madame. Je viendrai ensuite te chercher.

Elle attacha Edmée par les poignets et les chevilles, fit cascader sur son corps des branches de lierre et ordonna :

— Attends ! Ne dis rien surtout. Rien à quiconque : ni à celles qui sont près de toi, ni à ceux qui te prendront.

Elle s'en alla, laissant la jeune fille tremblante de froid et d'appréhension dans l'air frais de cette nuit qui s'achevait.

Elle comprit bientôt ce que son initiatrice avait voulu dire : des pas se firent entendre sur le gravier, des pas d'hommes dont elle entendait crisser les bottes. Des cavaliers ? Elle se souvenait de ce bruit-là, lorsque Mme Hore partait, ainsi chaussée, pour le manège...

Ils étaient trois ou quatre, plus peut-être, qui tâtaient les chairs, palpaient les seins, cherchaient à apprécier la capacité de jouissance de la femme offerte en glissant un doigt entre ses jambes. Puis elle vit que sa voisine, tournée de manière à montrer son cul, retenait l'attention d'un des individus : ses fesses étaient énormes et blanches dans la nuit et la lumière de la lune permettait qu'on les vît parfaitement, laiteuses, bombées comme des demiglobes. Un visage s'en approcha : une bouche dut mordre la chair car Edmée entendit un gémissement puis la voix de l'homme, irritée :

— On ne t'a pas dit que tu devais te taire ! Que tu jouisses ou que tu aies mal, je ne veux rien entendre !

Et sans doute pour la punir, Edmée vit qu'il approchait le bout incandescent d'une cigarette sur la jolie fesse blanche et l'éteignait avec volupté. Sa voisine ne poussa pas un cri. Mais Edmée n'eut guère le temps de s'intéresser davantage à ce qui se passait près d'elle, sous le pagne que Madame avait attaché de manière lâche autour de sa taille, une main se glissait. Les doigts en étaient gros et rugueux. Un jardinier, un cantonnier peut-être. La main caressa son ventre et elle en sentit tous les cors et les rugosités sur sa peau, puis le doigt s'attarda dans le nombril, appuya si fort qu'on eût dit qu'il voulait l'ouvrir, le transformer en un nouvel orifice. Les deux mains écartèrent les jambes et l'index de la droite pénétra dans le vagin. Il en grattait les parois comme s'il tentait d'en enlever des lambeaux de peau. Elle se retenait de crier, craignant quelque punition plus douloureuse encore. Elle aperçut la silhouette de l'homme à un moment de clarté plus grande : robuste et râblé, il défaisait avec précipitation sa braguette, sortait son vit. Il la pénétra brutalement. Là encore, elle retint un cri. Mais tandis que le sexe s'enfonçait en elle sans que ses parois y soient préparées, elle sentit soudain une jouissance inconnue lui tordre les entrailles. Sa matrice allait exploser d'être envahie par un membre si volumineux qu'il l'écartelait. Des flots de liqueur inondèrent le sexe de l'homme qui la pénétrait avec chaque fois plus de violence, comme un bélier.

Les portes de son corps étaient grandes ouvertes. Edmée, malgré elle, ferma les yeux, s'abandonna... L'homme éjacula en l'attirant contre lui, ses dents lui mordaient jusqu'au sang le lobe de l'oreille. Puis il essuya son sexe gluant sur la cuisse d'Edmée et arracha le pagne qu'elle portait pour finir de se sécher. Il le jeta à terre ; elle l'entendit ricaner et comme s'il se ravisait, il se pencha, ramassa le morceau d'étoffe et lui glissa :

— Tu sues, ma carnivore !

Puis il se mit à nettoyer l'entrejambe d'Edmée avec application : le tissu avait accroché ici et là des gravillons qui l'écorchaient. Elle se tut, enfin, l'homme lui passa le pagne, sous les aisselles, comme il l'aurait fait pour laver un enfant. Il cracha à deux ou trois reprises sur ses seins, son visage, son cou, nettoya ensuite soigneusement la salive. Après quoi, comme s'il répondait à des règles préétablies, il attacha à nouveau le pagne souillé autour des reins de la jeune femme et s'éloigna.

Edmée n'eut guère le temps de se ressaisir, tandis que son premier partenaire prenait sa voisine, l'autre, l'homme au mégot, s'attaquait à elle. Elle l'entendit murmurer à son compagnon :

— Morceau de choix !

Et l'autre répondit :

— Mais on y met le prix !

Elle se souvint du pacte passé avec Ben : travailler sans discussion aux tâches qu'on lui imposerait pour gagner la somme perdue et qu'elle devait à Mme Hore...

Cette fois, l'homme avait des mains d'une grande finesse, le contraire exact du précédent. Il la toucha sans violence et même se mit à lui lécher les lèvres, les oreilles, les narines, à téter ses seins avec une douceur qui sembla étrange à Edmée, étrange et peut-être dangereuse. Que lui demanderait-il ?

Il la détacha, ce qui donna lieu à une brève conversation entre les deux hommes :

— Tu sais que nous n'avons pas le droit de leur faire changer de position.

— Je prends ce droit. Ce n'est pas elle, ni elle, ni elle... qui vont aller se plaindre !

Ils rirent tous deux à cette plaisanterie.

Dans le lierre, le long du portail, Edmée entendait des bruits de succion, des râles d'hommes satisfaits, des soupirs de femmes, des mouvements de feuilles.

L'homme la fit mettre à genoux sur le sol et, imprimant, du pouce, une pression sous le menton, il lui ouvrit la bouche en y entrant d'abord quatre doigts. Il tourna plusieurs fois sa main contre le palais et la langue d'Edmée qui étouffait, puis il la retira lentement et lui fourra son sexe jusqu'au fond de la gorge.

— Caresse les couilles ! ordonna-t-il.

Edmée les prit timidement dans sa main. Pour accroître encore le plaisir qu'il éprouvait à se sentir palpé par des doigts indécis et juvéniles — Edmée perçut que la peau était parcourue de frissons : « chair de poule ! », se dit-elle en s'étonnant de son amusement passager alors que la situation ne s'y prêtait pas — l'autre se fâcha :

— Mieux que ça !

Elle s'appliqua à le satisfaire, à les rouler et les chauffer dans sa paume : elles furent bientôt complètement remontées. Saisie d'une incroyable tendresse qui n'était que du domaine du toucher, elle suça en toute lenteur l'arête du gland. Il éjacula avec un soupir et dès qu'il se fut retiré, ordonna :

— Retourne-toi !

Edmée s'accroupit sur l'herbe. Il la souleva, passa son bras autour de sa taille, puis la plaqua contre le portail :

— Voilà ! Ne bouge pas.

Et il s'affaira à travailler son anus, avec deux doigts, en mouillant parfois de sa salive l'extrémité :

— On va t'ouvrir ça, mon petit ! Explorer ton coquelicot comme on a déchiré ton orchidée.

— Poète ! grogna pour rire son compagnon qui besognait une femme contre les grilles.

Edmée eut l'impression que son anus était totalement exposé, et plus du tout niché au creux de l'obscur sillon.

L'homme alors la pénétra, doucement.

— Ce sera neuf ! l'entendit-elle murmurer.

En effet, jamais Edmée n'avait éprouvé cette sensation-là ; des coulées douces s'épanchaient hors d'elle, en lui donnant une jouissance qui ressemblait à celle d'un enfant, à l'âge où, avant l'apprentissage de la honte, il se libère de ses excréments. Son compagnon frottait ses fesses contre son ventre, enserrant toujours sa taille et elle sentait ces humeurs visqueuses qui s'écoulaient, s'épandaient sur ses cuisses : ils étaient ainsi collés l'un à l'autre, leurs membres glissaient, échangeaient une caresse humide. Puis l'homme se retira, la fit se retourner d'un léger coup de pieds dans les jambes et sans plus rien de la douceur dont il avait pu faire preuve, la rattacha dans sa pose initiale. Lorsqu'elle le vit sortir une cigarette et l'allumer, elle se souvint de ce qui était arrivé à sa voisine et frissonna. S'en aperçut-il ? Il eut un petit rire, lui mit la cigarette entre les lèvres :

— Allez ! Tire une bouffée si tu veux.

Elle s'exécuta, savoura l'emprise de la fumée noire dans ses poumons.

À cet instant son acolyte se pencha à son oreille et chuchota quelque proposition inaudible pour Edmée.

L'autre éclata de rire : il prit la cigarette, dirigea sa main vers le sexe de la jeune femme. Elle ferma les yeux dans l'attente de la douleur atroce : mais la cigarette s'enfonça côté filtre dans le vagin encore ruisselant.

Le premier sortit de sa poche une mini caméra et fit une photo. Edmée, dans la brève déchirure de lumière rouge eut le temps de voir son corps : ce sexe fermé sur une cigarette qui fumait, le bout incandescent...

Les deux comparses s'éloignèrent. Mais la nuit ne s'achevait pas.

Des corps succédèrent aux corps. Edmée se perdait à elle-même. Elle n'était plus que trois orifices sans cesse sollicités, brûlés, défoncés et qui jouissaient malgré eux de l'être. Elle atteignait des sommets qu'elle n'avait jamais imaginés, où son être se dissolvait dans le plaisir et ne cherchait pas à se reconstituer dans la cohérence d'un corps.

Elle fut prise par deux individus dont l'un tétait ses seins après les avoir enduits de miel, l'autre suçait son sexe qu'il avait également, ainsi, empli de suavité épaisse. Elle sentait ses seins couler sous la salive gourmande et son sexe ruisseler de saveur.

Ses sens ne résistaient plus, sa chair, sa peau, son ventre, sa bouche répondaient à toutes les sollicitations.

Dans une impression diffuse, elle se dit qu'elle disparaissait, que tout ce qui avait constitué son être se fondait dans la bouche, dans le sexe de ceux qui la dévoraient, la trituraient, elle ferma les yeux et crut s'évanouir.

Mais des bras venaient de l'enlever du lieu où elle était tenue liée, prisonnière, statufiée. On l'emportait. Elle se souvint encore longtemps de l'effleurement du lierre sur sa joue et ses reins.

Il marchait à grandes enjambées, ouvrit une porte d'un coup de pied, posa précautionneusement la jeune femme sur un lit somptueux : peut-être rêvait-elle ? peut-être, le temps avait-il changé son cours ?

Il se pencha vers elle : Ben !

Elle n'eut pas la force d'interroger et referma les yeux.

— Regarde-moi ! ordonna-t-il.

— Je n'en peux plus ! faites ce que vous voulez de moi, mais je n'en peux plus.

— Regarde-moi !

Il avait ce ton sans réplique auquel elle ne pouvait qu'obéir. Elle fit un effort pour tenir ses yeux ouverts, nue, ses jambes poisseuses légèrement écartées, posées sur les linges de dentelle.

Il tenait une coupe dans laquelle macérait plusieurs feuilles et plantes. Il l'approcha de son nez :

— Tu reconnais ?

— *La Ruche* !

— Ses essences !

Dès lors, elle se sépara de son corps souffrant comme d'une mue, en sentant toutes les étapes de cette division : sous les mains de Ben, les fleurs broyées devenaient un baume miraculeux qui l'imprégnait d'un parfum nouveau et lui redonnaient sa vigueur.

Il la massa longtemps, tandis que ses doigts prenaient les fleurs et les herbes, caressaient l'épaule, la hanche, et dans un geste rond, ample, insistant, les fesses fermes, à la teinte rose ambrée. Puis il descendit le long de la jambe, sollicita le muscle des mollets, le tendon des chevilles. Edmée sentit des larmes de plaisir rouler sur sa joue.

Il la laissa se ressaisir, lentement, puis comme la respiration de la jeune femme se faisait profonde et régulière, il la retourna et l'observa longuement. Edmée était si lasse qu'il pouvait la prendre endormie. Il lui écarta les jambes et flatta longtemps la touffe soyeuse, frisée, joua avec le mamelon qui se redressa malgré le sommeil, puis il rassembla les cheveux, pour mieux voir le cou, apercevoir l'oreille, la nuque. Enfin, il ouvrit ses bras, ses jambes. Edmée était sans résistance aucune.

Il se dévêtit et s'allongea sur elle, la pénétra doucement d'abord, puis avec plus d'exigence : malgré l'assoupissement, le corps donné répondait à la sollicitation de son sexe : il la fit jouir dans son sommeil. Puis il se leva, se dirigea vers un meuble à tiroirs anciens, en retira un flacon minuscule, savamment ouvragé, s'approcha d'elle : il prit quelques gouttes du parfum qu'il introduisit dans le sexe puis, très vite, en versa un rien sur les paupières et une gorgée dans la bouche.

Edmée sursauta, ouvrit les yeux, brûlée, soudain.

— J'ai mal ! soupira-t-elle.

— Les femmes recèlent des essences mystérieuses, dit Ben ! Tu es toi-même, source de parfum.

Il l'embrassa tendrement. Injecta encore quelques gouttes au cœur de l'iris, puis dans le vagin irrité et à nouveau, le sexe de l'homme se fraya un chemin dans son ventre, l'ouvrit ; à nouveau la brûlure et la jouissance se mêlèrent. Juste avant d'éjaculer il se retira, fourra son sexe dans la bouche de la jeune fille qui, soumise, avala sa semence.

Ben promit :

— Tu vas pouvoir dormir maintenant ! Et ce soir, parce que c'est le premier jour de ta venue ici, tu resteras dans ma chambre, demain, tu verras... Dors !

Mais auparavant, il attacha ses poignets et ses chevilles aux barreaux du lit, jambes écartées.

— Pour moi, je te veux toujours ouverte ! murmura-t-il. Tu seras éveillée comme tu ne l'as jamais été.

Il posa un moment sa main sur une des cuisses tendues, s'assit sur une chaise auprès d'elle, allongea ses jambes et du talon de son pied droit, se mit à provoquer négligemment la motte touffue.

La cueillette

C'était comme une venue au monde : Edmée glissait dans un milieu liquide qui donnait de la légèreté à ses mouvements. Elle s'étira et sentit que des mains passaient sur elle une huile onctueuse, dont le parfum la tira définitivement du sommeil.

Elle ouvrit les yeux : elle était dans une baignoire, entourée de jeunes femmes qui la massaient avec douceur, immergeaient son corps dans ce liquide dense et odorant.

Elle se souvint de la veille, se rappela s'être endormie, veillée par Ben. Il avait disparu. La chambre cependant était bien là, elle la voyait par la porte entrebâillée.

Madame donnait des ordres que ses bienfaitrices exécutaient de leurs mains promptes :

— Le cou maintenant ! Les seins. Les lèvres ! Le sexe : écartez-le davantage...

Des mains expertes parcouraient son corps, faisaient vivre la moindre parcelle de chair cachée jusque-là ignorée et muette. Des doigts très fins s'introduisaient dans son vagin, son anus, et semblaient, avec patience, vouloir les élargir, les préparer à d'autres pénétrations plus violentes. Edmée avait la sensation d'être parcourue par mille et un insectes. Les exhalaisons étaient si entêtantes que la tête lui tournait un peu.

Régulièrement, la jouissance la transperçait comme une lame, ses reins se cabraient, son ventre se contractait, expulsait la liqueur que les doigts des jeunes femmes recueillaient et portaient à ses lèvres, tellement qu'elle eut la sensation de perdre sa forme première, de devenir à force de caresses et de savantes manipulations un précieux flacon qui contiendrait toutes les essences secrètes chères aux alchimistes. Quels verriers la façonnaient ainsi ? Ils soufflaient en elle leur haleine et elle prenait sa forme nouvelle, plus parfaite, moins humaine.

Madame fit un geste et on la sortit de l'eau pour l'envelopper dans une grande serviette et la sécher rapidement.

— Et maintenant, les essences de fleurs ! fit Madame.

À cet instant, Edmée s'aperçut qu'un homme, dont l'accoutrement faisait penser à celui d'un jardinier, assistait à la scène.

Elle rencontra son regard et frissonna : il était beau, jeune et serait sans doute impitoyable. Sous le pantalon, elle aperçut le vit bandé qui gonflait l'étoffe rugueuse.

Mais déjà, les jeunes filles frottaient son corps d'une substance onctueuse et sucrée qui sentait le magnolia, la framboise ; une odeur gorgée de sucs et de sucres...

Puis, l'une l'autre, les jeunes filles se badigeonnèrent de cette substance à la douceur un peu écœurante.

— Tu vas commencer maintenant ta journée de travail, expliqua Madame en s'adressant à Edmée. Comme tes compagnes, tu vas cueillir les fleurs et en remplir des paniers. Elles servent à la fabrication de notre parfum.

« Tu dois obéir en tout au chef jardinier. En tout. Pendant ton temps de travail, tu ne dois pas ôter cette substance dont tu es enduite. Tu es une femme fleur... Parole trop banale mais qui, ici, pour nous, prend un sens. »

Edmée ne comprit pas tout de suite et n'osa rien demander. Sur un autre signe de Madame, on lui passa un porte-jarretelles et des bas de dentelle noire.

Elle était prête pour se rendre aux champs de fleurs.

Là, elle exécuta sans mot dire les mêmes gestes que ses compagnes.

Penchée vers la terre, elle coupait au ras de la tige les roses, les coquelicots, les œillets et les déposait dans un panier qui, sitôt plein, était emporté par un groupe de travailleuses.

Bientôt, le soleil fut très haut à l'horizon : il brûlait ses fesses nues et un bourdonnement d'insectes était perceptible autour de chacune des jeunes femmes. Edmée comprit alors pourquoi on l'avait ainsi enduite de substances sucrées : des abeilles, des guêpes, des mouches bleues et gourmandes se posaient sur elle, butinaient des essences de fleurs, provoquaient une étrange irritation... à fleur de peau.

Près d'elle, une jeune femme esquissa un geste pour les éloigner. Le jardinier s'approcha d'elle :

— Suis-moi !

— Non ! supplia-t-elle. Je vous en prie.

Il cingla ses cuisses d'un ceinturon qu'il tenait à la main.

Elle obéit en pleurnichant. Edmée, sans oser interrompre un seul instant son travail, vit qu'il la conduisait vers le hangar où étaient rangées les fleurs, qu'il la dévêtait entièrement et lui tendait un drap :

— Tu connais la punition !

— La jeune fille prit la pose qu'on lui avait sans doute apprise auparavant, les pieds dans les ronces et les orties, le corps offert et badigeonné une fois de plus par les soins du jardinier dont les mains s'attardaient autour du sexe, de la bouche, des oreilles, des aisselles — ces points infiniment sensibles aux effleurements.

Le corps de la jeune fille, immobilisé, fut bientôt recouvert de guêpes, d'abeilles, de mouches, de frelons, de papillons multicolores. Elle demeura ainsi un temps que l'ardeur du soleil et des brûlures rendait interminable. Elle avait les pieds en sang.

Edmée frémit lorsque les mains du jardinier se posèrent sur sa croupe.

— Viens ! lui dit-il.

Elle se redressa et le suivit sans dire un mot.

Il la fit entrer dans le hangar, puis un peu plus loin, dans une remise attenante.

On se serait cru dans une maison de bûcheron : et alors que pesait cette chaleur étouffante, ici, on avait allumé un feu dans la cheminée.

Le jardinier lui fit poser ses deux mains sur le rebord de pierre :

— Approche-toi du feu ! fit-il. Encore ! Encore !

Les flammes rougeoyaient sur son ventre, le brûlaient là où les insectes s'étaient tout à l'heure posés.

Il s'assit sur l'accoudoir d'un fauteuil et glissa ses deux mains entre ses jambes. Il la travailla longuement ainsi, pinçant le clitoris, ouvrant les lèvres puis il appuya son visage sur son cul et se mit à le mordre à belles dents, à flanquer sa langue dans le trou sombre ; elle la sentait pénétrer, dure, tourner là où la chair est la plus lisse ; les poils du visage mal rasé grattaient ses fesses.

Il baissa son pantalon d'un geste rapide, planta son vit entre ses cuisses. Puis il lui prit la main, la guida vers le gland et ordonna :

— Joue avec !

Il était lisse et soyeux. Elle prit plaisir à en provoquer l'arête de son ongle. Elle sentait sa liqueur ruisseler sur le bouton rose, la pine raide et bientôt, le sperme jaillit entre ses cuisses, quelques gouttes éclaboussèrent les bûches.

« Sperme et feu ! » pensa-t-elle... Pour la première fois depuis son arrivée ici, des mots venaient à son esprit, identiques à ceux qu'elle entendait proférer. Ceux-là lui semblaient être la clé de la magie recelée par le parfum *La Ruche*.

Elle acceptait cette irréalité dans laquelle elle vivait depuis quelques jours ou quelques heures... puisque tout n'était que fusion des liquides et des jouissances.

Il se revêtit prestement, prit avec des pinces une braise rougeoyante, l'approcha du visage d'Edmée. Puis lentement, comme s'il dessinait son corps à la craie, il en suivit tous les contours. La braise s'approcha de son sexe. Il lui demanda d'écarter les jambes, ce qu'elle fit : il effleura les poils dont les plus longs grésillèrent exhalant une odeur de chanvre roussi puis il tourna autour d'elle et appuya légèrement la braise au niveau de l'anus. Elle poussa un petit cri. Il rejeta la braise dans le feu, sourit.

Il la poussa et la fit tomber face en avant, en travers d'un fauteuil.

— Écarte les jambes et attends.

Elle resta ainsi un long moment, dans la touffeur de la pièce, les jambes tendues, tout près du foyer. Une escarbille la brûla : elle n'osa faire un geste, pourtant elle était seule. Il revint, mais au bout de combien de temps ?

L'accompagnait la jeune fille qui avait été punie...

Il se dévêtit complètement. Repoussa Edmée, s'installa dans le fauteuil, offrit aux regards de ses partenaires l'image de son sexe bandé, de ses couilles énormes et tendues.

Saisissant les deux jeunes filles par les cheveux, il les coucha entre ses jambes et attendit qu'elles s'appliquent à le satisfaire.

Edmée se saisit du gland rose et poursuivit, de sa langue, le travail qu'elle avait commencé avec l'ongle. Sa compagne mordillait les couilles et prétendait les mettre dans sa bouche.

Il éjacula une fois encore : sur la langue d'Edmée et sur le visage de l'autre. Il relâcha son emprise et Edmée, stupéfaite, vit que sa comparse allait prendre un flacon et recueillait les quelques gouttes de sperme qui restaient encore au bout de la queue et sur la cuisse.

« Sperme et Feu ? » s'interrogea à nouveau Edmée, persuadée que ces mots contenaient l'explication de ces diverses péripéties.

Toutes deux retournèrent vers le champ de fleurs et reprirent leur ouvrage. Le jardinier veillait de loin sur les abeilles laborieuses.

Le soleil était au zénith.

Le dortoir

À la fin de leur journée de labeur, les jeunes filles furent conduites dans un des sous-sols du château où des douches avaient été aménagées. Madame surveillait les « abeilles » comme s'il se fût agi de pensionnaires adolescentes. Celles-ci, nues sous le jet qu'on avait délicieusement parfumé, se lavaient l'une l'autre et se prodiguaient des caresses qui finirent par donner envie à Edmée, d'abord timide, d'en recevoir et d'en prodiguer. Derrière des voiles transparents, on les voyait par groupe de trois ou quatre s'étreindre, rapprocher leurs têtes, se donner de petits coups de langue sur le visage, la nuque. Parfois, l'une d'elles saisissait le pommeau de la douche et le dirigeait sur le sexe d'une de ses compagnes. Celle-ci, câline, la tête penchée sur l'épaule, écartait les premières lèvres, s'offrait ainsi à la puissance mordante de l'eau et finissait par jouir dans les bras d'une ou deux jeunes personnes attentives qui lui mordillaient les seins, tout en la soutenant de leurs bras nus.

Madame se tenait sur une sorte d'estrade de marbre et observait avec un sourire indulgent se qui ce passait ici et là. Elle vit Edmée à un moment où elle se retrouvait seule, et d'un geste, lui envoya deux jeunes filles : l'une d'elle s'agenouilla devant elle, enduisit son sexe d'une huile sans doute savoureuse car elle se mit à le lécher avec gourmandise. Edmée gémissait de plaisir, appuyée aux carreaux blancs que la liqueur des femmes, les huiles et les parfums avaient rendus glissants. Cependant, l'autre jeune fille coiffait ses cheveux mouillés, libérait ainsi la nuque et plantait sa langue dans le creux jusque-là secret, caché sous la chevelure. Ses mains enserrèrent son cou, descendirent sur les seins qu'elle massa lentement jusqu'à ce qu'Edmée eût le sentiment soudain qu'elle allait glisser au sol.

Elles la laissèrent aller en la retenant pour amortir sa chute. L'une des deux jeunes femmes s'allongea, genoux pliés. L'autre souleva légèrement Edmée, la coucha sur celle qui était ainsi devenue un lit ou plutôt une coque. Et tandis que la femme berceau caressait Edmée, abandonnée sur elle, l'autre, à son tour, allait chercher de ses lèvres et de ses dents le clitoris offert.

L'eau ne cessait de couler sur leurs corps exhalant des parfums qui les grisaient un peu et sans doute excitaient leurs désirs.

Puis soudain, le jet fut interrompu. Vivement, les jeunes femmes allèrent se sécher et se vêtir. Elles portaient des robes sages qui cette fois n'avaient rien de remarquables sinon qu'elles étaient de formes identiques et de couleurs différentes. Edmée eut le choix entre une jaune, une bleue et une rouge... Elle choisit cette couleur, ce qui fit sourire Madame.

Puis ce fut l'heure du dîner.

Elles prirent un léger et délicieux repas, toutes ensemble, dans un patio qu'on n'aurait jamais soupçonné, au-delà du champ de fleurs. Un buffet leur était servi, particulièrement raffiné, et elles mangeaient soit debout, soit à des petites tables où elles se réunissaient et riaient gaiement. Edmée se retrouva auprès des jeunes femmes qui avaient partagé ses jeux sous la douche. Elles se donnaient la becquée : chacune mettant dans la bouche de l'autre une miette d'un délicieux gâteau, un carré de chocolat fondant. Edmée remarqua près d'elle un plat de poisson cru savamment découpé, à la japonaise.

Une folle idée lui traversa l'esprit : elle saisit un carré de saumon frais, le mâcha soigneusement, puis s'approcha de la brune et, dans un baiser, lui glissa le tout dans la bouche.

Et tandis que des imaginations délirantes s'emparaient de son esprit en même temps que son corps brûlait d'un désir plus extravagant chaque fois qu'il était apaisé, une idée lui vint, très claire, qui se logea en elle sans qu'elle pût, pour autant, opposer la moindre résistance : tout ce qu'elles buvaient, mangeaient, respiraient, tout ce qu'elles utilisaient — les parfums, les savons, les mousses délicates —, était chargé d'un pouvoir érotique tel qu'elles se laissaient aller à une incroyable démesure.

La brune qui venait d'avaler la bouchée à saveur marine voulut remercier Edmée à sa manière. Elle prit une gorgée de jus de mangue et la lui glissa doucement dans la bouche, en une seule coulée.

Mais le jeu en arriva vite à un paroxysme, si bien que toutes les filles firent assaut d'invention. Edmée, sans savoir pourquoi, était la plus déchaînée. Elle prit une sardine argentée, la glissa dans son sexe, se branla avec et, lorsqu'elle eut joui, elle la retira pour la glisser entière dans la bouche de la blonde.

— Mâche ! lui ordonna-t-elle.

L'autre fit un geste de refus, mais Madame intervint :

— Fais ce qu'elle te dit !

Elle s'exécuta donc et pendant que la sardine s'écrasait sur son palais, que les arêtes la piquaient, Edmée lui mit deux doigts dans la bouche pour étaler plus encore la pâte mêlée à la salive.

Le divertissement consista bientôt pour les filles à se glisser entre les fesses des morceaux de poisson que d'autres devaient aller chercher de leurs bouches et dévorer.

Sur un geste de Madame, visiblement satisfaite, des servantes apportèrent des flacons de ce qu'Edmée prit pour du vin.

D'où venaient ces grosses villageoises qu'on n'avait pas encore vues ?

Elles servirent à toutes les participantes des coupes pleines de ce breuvage rouge sombre. Au fur et à mesure qu'il descendait dans sa gorge, Edmée comprit :

— Nous sommes droguées ! Délicieusement, murmura-t-elle...

Il faudrait résister.

Mais déjà une langue de feu courait sur son cou, ses seins, son ventre, ouvrait son sexe au désir.

Elle ne pouvait plus lutter. Alors, les jeunes femmes s'emparèrent des servantes, ôtèrent leurs tabliers, leurs bas épais, leurs culottes de coton et s'amusèrent à les poursuivre dans le jardin. Madame distribua des fouets, des ceintures, des lanières de cuir : plusieurs jeunes filles se ruèrent sur une ou deux des jeunes villageoises et les maintinrent à terre tandis que d'autres, intoxiquées par l'alcool, se déchaînaient avec des rires stridents, sur leurs fesses rubicondes.

Mais certaines des paysannes y prirent plaisir et ce furent elles qui retroussèrent leurs manches et se mirent à administrer des corrections aux pensionnaires. Edmée se trouva sur les genoux d'une femme aux cuisses énormes qui avait coincé une de ses jambes sous sa propre cuisse si bien qu'elle la tenait totalement écartée. Elle la frappait de sa grosse main rougeaude et s'acharnait justement à tomber sur les lèvres, à l'endroit le plus sensible. Edmée gigota pour se libérer, pleura et finit par s'abandonner et jouir sur l'étoffe rêche.

Elle ne sut pas comment elles se retrouvèrent toutes au dortoir.

Elles dormaient dans des lits de fer tels qu'on en a peut-être encore dans les couvents, mais les draps étaient soyeux et les parures de couleurs vives, diverses.

Madame conduisit Edmée à son lit.

— Tu as été la plus ingénieuse, ce soir, lui dit-elle. Tu seras récompensée devant toutes tes compagnes.

Et elle la prit elle-même avec la langue, devant les autres pensionnaires réunies.

Entre ses deux fesses lasses et épanouies sur les draps, la langue de Madame fourrageait au plus profond d'elle. Edmée, agitée par la boisson, les essences de parfum, avait l'impression que cet appendice s'enroulait autour de ses entrailles.

Elle poussa un cri de jouissance qui fit fermer les yeux de plaisir à celles qui l'entendaient.

Une jeune femme aux longs cheveux bruns se masturbait, les yeux d'abord fixes puis bientôt, sous les encouragements qu'elle se prodiguait à elle-même, le visage extatique.

— Jalouse ? fit Madame en s'approchant d'elle. Allez, lève-toi.

La jeune fille obéit. Madame caressa son ventre très doux, à demi recouvert d'une ample toison blonde, bouclée, puis comme elle s'y attendait le moins, elle tira avec fureur sur le clitoris.

L'autre retint un cri de douleur.

— C'est ton tour, ce soir ! Au portail ! dit-elle.

Elle désigna d'autres jeunes filles de la même manière.

Edmée comprit qu'elles avaient été choisies pour subir ce qu'elle avait elle-même subi la veille.

Elle avait la certitude de chavirer et y trouvait un étrange plaisir. Elle se demanda si elle n'aurait pas aimé, à nouveau, être mêlée au lierre et à la nuit.

Ben

Edmée s'endormit d'un sommeil d'enfant. La chaleur excessive rendait à peine tolérable le moindre linge. L'air était lourdement parfumé.

Au bout de quelques heures, elle sentit une main qui, glissée sous le drap, se promenait avec douceur sur elle, comme pour s'approprier par le toucher la moindre parcelle de chair et de peau la plus secrète. Elle en éprouva un tel plaisir, né, eût-on dit, de sa lassitude, qu'elle ne tenta pas de résister mais au contraire comme la main s'enfonçait, impérieuse, entre ses jambes, elles les écarta légèrement pour qu'elle se fraie sans peine un chemin vers son trou d'ombre.

Une bouche se posa sur la sienne et elle reconnut le baiser de Ben. Elle y répondit avec fougue. Ses pensées revenaient, plus claires. Elle se souvint de son intuition d'hier : ce sentiment qu'elle et ses compagnes étaient doucement intoxiquées par des drogues qui faisaient d'elles des êtres soumis aux caprices et aux désirs de ceux qui les gouvernaient. Mais quel était leur but ? Le plaisir à lui seul n'expliquait pas tout. On parlait de travail, de réalisation de ce parfum unique qu'était *La Ruche.* On promettait à Edmée, et aux autres sans doute aussi, une récompense substantielle à la fin de son séjour...

Ben s'était allongé près d'elle, vêtu : il sentait la poussière, le foutre et la sueur : Edmée pensa qu'il revenait des jeux de nuit dans le lierre du portail. L'odeur qu'elle trouvait sur son corps excitait l'envie qu'elle avait de lui : il lui mordait les seins, plantait sa langue dans le nombril, ses doigts dans l'anus, puis sa bouche alla brouter la motte sombre, déjà onctueuse de plaisir et d'attente.

Pourquoi cette chaleur dans la pièce? La saison? Mais la nuit aurait dû apporter un peu de fraîcheur. Edmée comprit que le dortoir était chauffé comme une serre; des ventilations tièdes soufflaient sur les jeunes filles trop lasses un air lourd et chargé de parfums. Elle s'abandonna une fois de plus dans les bras de qui la modelait à des formes d'amour inconnues.

Ben la pénétra. Elle saisit dans sa main la bite brandie, l'aida à mieux s'enfoncer, prit les couilles rondes, qu'elle fit glisser dans sa paume comme des fruits.

Il se retira brusquement pour éjaculer sur son visage : elle lécha les gouttes de sperme qui avaient glissé près de sa bouche tandis que lui la nettoyait de sa langue.

Il la tira hors du lit et la fit, ainsi dévêtue, traverser un immense couloir de pierre. Edmée avait l'impression de progresser au sein d'entrailles géantes, de glisser vers des lieux secrets d'où elle émergerait, riche d'une autre connaissance, d'une autre vie. Ils arrivèrent dans une pièce qui ne comportait pas de lit mais plusieurs canapés recouverts de tentures luxueuses. Au sol, sur le tapis kilim, une paire de bottes et des sous-vêtements féminins.

— Passe ceci, lui dit-il.

Elle s'exécuta malgré son épuisement. Pourquoi ne résistait-elle jamais ? Elle s'interrogeait et ne trouvait nulle réponse. Elle découvrait avec Ben que son corps était fait de dédales aussi nombreux que ceux du château, que les portes qui menaient aux chambres les plus reculées, les plus obscures étaient multiples, mais que chacun de ces espaces était un jardin où délices et tortures se conjuguaient, faisaient de son corps une étoile filante du plaisir perdue dans la nuit, une mystérieuse comète, en voyage, traversant de fabuleux tumultes.

Elle avait passé les bottes qui brûlaient ses pieds et enfilé le corset qui enserrait sa taille et faisait jaillir ses seins.

Ben alluma une cigarette et le simple geste qu'il eut d'aspirer la fumée, d'éteindre l'allumette, donna à Edmée le désir d'être là, à jamais, et de brûler entre ses doigts.

Soudain, elle s'aperçut qu'ils n'étaient pas seuls : un homme fumait aussi, près des rideaux transparents. Elle remarqua un paravent, une table chargée de fruits, de verres, de bouteilles pleines...

— Jusque-là, nous t'avons toujours montré ce que nous attendions de toi, fit Ben. Tu dois nous prouver maintenant que tu es, à ton tour, capable d'invention. Nous te dirons si nous sommes satisfaits.

— Je vous en prie ! supplia Edmée tandis que l'autre homme s'approchait et se dévêtait en même temps que Ben.

— Ne discute pas ! fit Ben...

Edmée savait qu'elle ne pouvait résister. Elle s'agenouilla, passa chacune de ses mains entre les jambes des deux hommes, les excita un moment, les rapprocha d'elle. Leurs sexes, au repos, avaient un je-ne-sais-quoi d'enfantin et appelaient les caresses ; sous ses doigts, elle les sentit se dresser, arriver à hauteur de sa bouche. Alors, penchant la tête d'un côté, de l'autre, elle se mit à lécher les glands à la saveur âcre. Tous deux déchargèrent presque en même temps.

Elle coucha Ben sur le tapis et s'assit sur lui, ainsi il pouvait la pénétrer par-devant tandis qu'elle léchait à nouveau le sexe de l'autre homme, debout.

En silence. Tout cela en silence, avec seulement, parfois, des bruits de succion, mouvements de lèvres et de langues et ce claquement des cuisses poisseuses inondées d'ambre fluide.

Ben se releva. Edmée, encouragée par ce premier succès, se sentait maintenant des audaces de démone. Elle le fit asseoir sur une banquette contre le mur, recouverte d'un épais tissu rebrodé. Elle s'assit sur le sexe de Ben qui lui entra dans le cul puis elle attira l'autre et lui fourra la tête entre ses jambes.

— Allez-y ! ordonna-t-elle maintenant. Acharnez-vous. Trouez-moi ! Buvez-moi.

Elle était secouée de sanglots qui ressemblaient à des rires. Ben enserrait sa taille et l'agitait en même temps qu'il la travaillait. Il mordait ses épaules, sa nuque pour qu'elle se cambre plus encore. L'autre avait fourré sa langue au plus profond de l'orchidée ouverte, entre ses lèvres, il tirait sur le clitoris et léchait abondamment la liqueur ruisselante.

Puis, elle repoussa l'inconnu, prit Ben par la main, le fit asseoir sur un fauteuil et le chevaucha, à l'envers, lui donnant ses fesses laiteuses à brouter.

L'autre les observait : il avait allumé une autre cigarette. Il la passa à Ben. Celui-ci en aspira une bouffée qu'il expira dans l'anus une fois, puis une fois, dans le sexe. Les deux orifices fumaient légèrement, la brûlaient.

— C'est bien fit Ben ! Tu ne le regretteras pas...

Il la laissa tomber à terre et les deux hommes se dirigèrent vers le paravent.

Edmée était trop épuisée pour avoir la moindre inquiétude.

Elle commençait à s'assoupir à même le tapis, lorsqu'elle se sentit soulevée par deux paires de bras.

Ils la portèrent ainsi jusqu'au paravent, la lancèrent en travers comme si elle n'eût été qu'un drap.

Ainsi, ils ne voyaient plus ni son visage, ni ses bras, ni son buste, mais seulement sa croupe et son sexe offerts.

Elle sentit qu'ils lui passaient un lien aux chevilles, et l'attachaient de manière à ce qu'elle demeurât complètement ouverte.

Puis plus rien, pendant un long moment. Elle entendit des bruits de verre qui tintent, de bouteilles qu'on ouvre, d'allumettes qui craquent.

— C'est bien ! fit encore Ben au bout de ce qui parut à Edmée une éternité. Tu nous as fait passer d'excellents moments. À nous d'être aussi brillants que toi. Tu nous as ouvert l'appétit...

Elle sentit qu'ils introduisaient dans son vagin les grains de raisin de ces grappes qu'elle avait remarquées auparavant. Il les entrait les uns après les autres et ils éclataient, s'écoulaient d'elle en un jus sucré que l'un après l'autre vint recueillir.

— Nous pouvons faire mieux ! déclara Ben. Et tandis qu'elle demandait grâce, ils s'étaient tous deux saisis de son ceinturon et la fouettait à tour de rôle.

— Écarte mieux les fesses ! ordonna Ben qui, avec la langue de cuir, alla frapper le clitoris. Elle gémit, et crut qu'elle allait s'évanouir.

Ils finirent par la détacher, la prendre tous deux dans leurs bras, l'allonger avec de multiples précautions sur le tapis et, l'homme par-derrière, Ben par-devant, ils la prirent chacun en la serrant très fort, dans un geste de tendresse qu'elle n'avait jamais connu auparavant.

Edmée quelques instants après les entendit deviser tout en buvant un verre, sans plus s'occuper d'elle que si elle n'avait pas été là.

— Ces temps sont hypocrites, disait Ben. Pour résister à toutes les violences qui nous sont faites, de la guerre, de la misère, de la bêtise, nous devons répondre par ces violences délibérément choisies et acceptées.

— ... Et croire que l'apprentissage des excès a une force salutaire face à l'ennui que nous distillent les spécialistes, comme ils se nomment eux-mêmes, du divertissement ou de la culture...

Ils eurent un rire de connivence.

Edmée eut le sentiment de glisser avec délices dans un sommeil où le plaisir régnait seul. Elle se retrouva dans son lit, le lendemain matin, sans savoir comment elle y était revenue.

Mais elle n'avait pas rêvé.

Madame la conduisit dans un bureau. Ben était installé derrière une table de bois sombre, dans un costume d'homme d'affaires.

— Si tu continues, lui dit-il, tu sortiras du rang des simples ouvrières. Tu seras l'égale de Madame. Prouve-nous encore ce soir que tu peux devenir un chef.

— Depuis l'autre jour... commença Edmée.

— Quel autre jour ?

— Mais... dans le train... bégaya-t-elle.

— De quel train parles-tu ? Je ne me souviens pas. Tu rêves !... Ou tu mens. Ce serait très grave.

— Je ne mens pas ! fit Edmée. Vous m'avez dit que je pourrais gagner la somme que j'ai perdue et...

— Tu mens ! s'exclama Ben. Je croyais pourtant que tu avais compris. Je ne me souviens, en faisant un effort encore, que d'une jeune fille qui vole à l'étalage et d'une autre, qui vole, elle aussi, la somme qu'elle est chargée de transmettre à une vieille dame... Elle risque la prison peut-être. Ce ne peut être mon Edmée. Pour cette fois, je veux bien oublier... mais ne reviens jamais là-dessus.

Edmée sentit malgré elle des larmes rouler sur sa joue.

Ben tendit la main, comme pour les sécher, puis il se ravisa, appela Madame qui attendait dans l'antichambre.

— Ce soir, pas de dortoir. Je la veux à ma discrétion.

Edmée travailla toute la journée dans le champ, s'interrogeant sur le sens de ces paroles.

S'interrogeant sur la part qu'elle-même prenait à son asservissement, à l'insoupçonnable délectation qu'il lui causait... l'une et l'autre niaient, d'une certaine manière, cet état accepté sans révolte et devenu un jeu subtil auquel elle se livrait.

La barque

Ce soir-là, Edmée n'eut pas droit au dîner habituel mais fut conduite dans une salle de bains de mosaïque bleue dont le luxe évoquait pour elle quelque palais mauresque. Elle reçut les soins attentifs de deux ouvrières qui, sous la direction de Madame, lui donnèrent d'abord un bain, en lavant toutes les parties de son corps suivant ce qui ressemblait plus à un mystérieux rituel qu'à une simple toilette. Les doigts des jeunes filles entrèrent dans tous ses orifices pour enlever la moindre trace de souillure : depuis les oreilles jusqu'aux narines, au nombril, au sexe, à l'anus. Edmée avait le sentiment qu'elle ne s'appartenait plus. Ici, on lui avait fait oublier toute pudeur et tout sentiment d'être libre de disposer de son corps. Elle n'ignorait rien du plaisir qu'elle en éprouvait, croissant au fur et à mesure de ses renoncements successifs.

Après le bain, elle fut massée par les deux jeunes femmes avec des huiles parfumées... Ce parfum qu'elle reconnaissait, toujours le même, indéfinissable et qui habitait maintenant lui aussi son corps, qu'elle soit dans le champ de fleurs, dans la remise du jardinier, au dortoir, dans la chambre de la veille où Ben et l'autre homme l'avaient prise : ce parfum maintenant se mêlait à toutes les fibres de sa chair. C'était lui qui semblait donner vie à ses sens et c'était du plaisir qu'elle éprouvait que ses essences semblaient extraites...

Elle jouit plusieurs fois pendant la séance de massage qui comportait de longues caresses alternativement douces et violentes des cuisses, ce qui donnait l'occasion aux doigts et aux paumes des jeunes filles, de sans cesse l'effleurer au plus intime.

Cela devait les exciter aussi car l'une d'elles, n'y tenant plus, se pencha et arracha de ses dents un poil qui poussait, plus long, au bord des lèvres humides. Edmée gémit de douleur et de plaisir.

Tout semblait inventé, mis en place pour faire d'elle une plante vive, ouverte, une huître révélée qui attendait de frémir sous la morsure du citron, d'être butinée par des dards multiples.

Madame interdit à la jeune fille de la sucer comme elle se préparait à le faire :

— Le désir ! Excitez le désir. Ne le satisfaites pas...

Edmée fut ensuite parée de bijoux et plus dévêtue que vêtue de dentelle blanche qui ne cachait rien de son sexe, de ses fesses, de ses seins.

Madame prit alors un flacon qu'Edmée reconnut : c'était celui quelle avait admiré dans la vitrine du grand magasin. Celui qu'elle avait dérobé...

Madame en parfuma les aisselles de la jeune femme ; ses mamelons, les lèvres de son sexe, celles de sa bouche, les bords de l'anus.

Puis toutes sortirent. Edmée resta seule dans la pièce.

Le désir grandissait en elle mais une crainte obscure l'empêchait de le satisfaire seule. Elle avait le sentiment d'être observée : des yeux, lui semblait-il, étaient fixés sur elle... Cette seule pensée fut comme un aiguillon. Sa main passa sur le téton qui se dressa, frémit, elle descendit sur le ventre, alla chercher, entre les jambes, le clitoris, comme un fruit mûr.

La porte alors s'ouvrit brusquement. Ben, en costume de ville, fit irruption et la foudroya du regard.

— J'ai dit que je te voulais à ma discrétion ! Ce qui signifie que tu ne peux tenir ta jouissance que de moi ou de ceux que je choisirai pour toi. Viens !

Pantelante et nue, Edmée le suivit dans les allées du château. Ils arrivèrent au portail. Elle perçut, dans le lierre, ces mouvements qu'elle connaissait maintenant. Comme chaque nuit, certaines de ses compagnes étaient offertes aux imaginations d'inconnus.

Elle n'eut pas le temps de s'interroger sur ce qui était prévu pour elle-même, ce soir.

Ben la fit entrer dans sa voiture, à l'arrière. Deux hommes y étaient déjà installés qui lui réservèrent une place entre eux.

Ben conduisait. On traversait la campagne et il sembla à Edmée qu'on longeait une rivière. Son cœur battait. Les deux hommes ne paraissaient pas même vouloir la toucher : mais quel supplice délectable allaient-ils inventer alors qu'ils étaient vêtus de costumes sombres et qu'elle était en cette tenue ? Ben arrêta la voiture en pleine campagne : Edmée ne s'était pas trompée, on avait bien longé une rivière et une barque était amarrée non loin.

Une idée terrifiante lui traversa l'esprit : ils allaient la noyer ! Abuser d'elle d'abord, la noyer ensuite.

Ben et ses acolytes s'étaient éloignés, ils s'étaient assis sur un rocher et parlaient avec une telle vivacité qu'ils semblaient l'avoir oubliée. Elle voyait vaguement leurs silhouettes dans la nuit et le bout incandescent de leurs cigarettes.

En un clin d'œil, elle ouvrit la portière, se jeta hors de la voiture se mit à courir, pieds nus. Ils ne l'entendraient pas ; elle arriverait à la route, se rendrait à un village proche, demanderait de l'aide, révélerait ce qui se passait au château... Son stratagème avait réussi : ils ne s'étaient aperçus de rien. Elle courut à perdre haleine, puis s'effondra, épuisée, sur les ronces du chemin.

Soudain, la nuit autour d'elle fut trouée de rayons de lumière crue : ils la cherchaient, ils avaient des torches puissantes qui faisaient le jour sur les arbres, les fourrés. Edmée, tapie dans l'herbe, se faufila comme un animal traqué, puis elle se leva, se mit à courir désespérément.

De partout autour d'elle, elle entendait des bruits de pas, ils ne l'avaient pas encore vue mais ils se rapprochaient, croyait-elle. Puis à leurs pas se joignirent leurs rires. Ils prenaient plaisir à la traque. Elle se dit qu'ils avaient fait exprès de lui donner l'illusion qu'elle pouvait fuir pour la rattraper ensuite et ajouter ainsi à leur amusement. Ils la cernaient maintenant : elle entendait le bruit des bottines de cuir tout autour d'elle. Elle trébucha sur une ornière... Avant qu'elle eût le temps de tomber, des bras forts la cueillaient et elle entendit le rire d'un des deux hommes près de son oreille : il la tenait dans ses bras ; elle n'essaya pas de lutter. Ben et l'autre homme s'approchèrent :

— Tu as gagné ! fit Ben à l'homme qui la portait. Elle est à toi.

Celui à qui il venait de s'adresser ainsi avait pris Edmée sur son épaule comme si elle eût été aussi légère qu'une paille. Ben en fit le tour pour caresser le menton de la jeune fille :

— Tu y as vraiment cru, petite ? Écoute, pour que tu n'aies pas de regret, autant te dire que nous avons tout organisé : mais tu nous as fait passer un bon moment et je t'en saurai gré. Allez !

Ils avancèrent à nouveau dans la nuit en direction de la rivière, Edmée toujours portée par celui qui l'avait gagnée comme un trophée. Il la déposa dans la barque, l'attacha soigneusement :

— Pour que tu n'aies pas, une fois encore, l'idée de nous échapper, ma sirène. Est-ce que tu sais nager ?

Edmée s'en voulut aussitôt d'avoir répondu :

— Non !

L'autre rit encore :

— Eh bien, tout est parfait.

Ben était retourné à la voiture après un conciliabule avec ses comparses, l'autre homme l'accompagnait. Elle restait seule, à la discrétion de celui qui prenait les rames et dirigeait vigoureusement la barque à contre-courant. Ils arrivèrent ainsi dans ce qui pouvait être une sorte de lac ou un étang : les bords s'éloignaient, la forêt remplaçait la campagne, le noir était dense. Seule une petite lampe accrochée à la barque signalait leur existence.

L'homme s'allongea près d'Edmée et relâcha les liens qui tenaient les mains mais non ceux qui immobilisaient les chevilles. Il lui ordonna de le branler et lorsqu'il fut prêt de jouir, il lui enfonça son vit dans la bouche : elle étouffait, mais de crainte de lui déplaire, elle le suça avec vigueur. Elle sentit le sperme dense et âcre descendre dans sa gorge. L'homme alors lui murmura :

— Tu vas nettoyer ta langue et ton cul.

Il la fit alors basculer par-dessus bord, en la retenant par les pieds. Elle essaya de se débattre mais déjà l'eau entrait dans ses poumons avec plus de force et de violence que celle de l'homme qui la prenait. Au moment où elle allait perdre connaissance, il la ramena à bord, la retourna sur le ventre, lui fit vomir tout ce qu'elle avait absorbé et elle sentit un liquide fait de salive, d'humeurs diverses glisser le long de ses lèvres, de son menton, sous elle.

L'homme la retourna face à lui, la pénétra alors qu'elle avait à peine retrouvé son souffle. Mais comme il la travaillait, elle sentit à nouveau les vibrations de jouissance qui partaient de son ventre et s'épandaient sur tout son corps. Il fourra ensuite son nez entre ses cuisses, le rentra en elle, le fit tourner, aussi profond qu'il put puis revint à sa bouche, y planta sa langue.

— Ça sent le poisson ! s'exclama-t-il. C'est bon. Allez !

Edmée le vit saisir un outil qui se trouvait au fond de la barque : une sorte de tournevis rouillé. Elle ne demanda même pas grâce : il n'y avait rien à attendre.

L'homme lui enfonça le manche dans le sexe jusqu'à ce qu'elle crie de douleur, il le tournait et le retournait sans cesse. Puis il le retira, gluant et se mit à le lécher avec délectation. Il finit par le jeter à l'eau et comme s'il se ravisait :

— Et si tu allais le chercher !

— Non ! supplia-t-elle...

Sans l'entendre, il l'enveloppa dans un filet grossier muni de flotteurs, délia ses chevilles et la remit à l'eau en ayant d'abord soigneusement attaché le filet à la barque. Puis il reprit les rames.

Edmée se sentit entraînée par le courant. Elle flottait et parfois craignait d'être submergée par les vagues que provoquait l'embarcation.

Elle redoutait aussi, parfois, que le filet ne se détache.

Comme s'il avait compris sa pensée, le diable dont elle était prisonnière eut une meilleure idée. Il donna de la corde au filet, si bien qu'elle flotta, loin, derrière. Arrivés au bord, il l'amarra, tira le filet jusqu'à la rive.

Ce fut lui qui s'allongea sur le bord caillouteux, il prit Edmée, la planta assise mais défaillante, sur son sexe bandé et joua à la faire aller et venir comme si elle n'eût été qu'une poupée jusqu'à ce que son sperme mêlé à sa liqueur poisse les poils roux, frisés, mouillés de son bas-ventre. Ensuite, il la coucha sur lui avec tendresse et, la gardant empalée, la berça contre sa poitrine.

Elle sentit lentement le sexe débander, devenir une coque tiède, infiniment douce.

On entendit bientôt, dans la nuit, le moteur de la voiture.

Le bar

Pendant le trajet, Ben offrit à Edmée une cigarette qu'il alluma très courtoisement. Cette fois, elle était assise sur le siège avant, à son côté, les deux autres voyageurs se trouvaient à l'arrière. Ben avait mis une cassette, il fredonnait avec le chanteur :

« C'est la ronde qui vagabonde, qui vagabonde et se reprend... » Elle pensa que c'étaient des paroles incongrues mais se surprit à joindre sa voix à la sienne.

« ... qui vagabonde et se reprend... »

Un jeu nouveau s'installa entre eux. Edmée savait qu'il y avait un sens mystérieux à déchiffrer dans cette aventure.

Ben lui sourit et tandis qu'elle savourait le goût du tabac dans sa gorge, sur sa langue, son palais, les trois hommes eurent une discussion sur le film *La Ronde* qu'ils avaient vu et revu plusieurs fois, disaient-ils, comme s'ils se trouvaient dans un salon et que jamais, Edmée, nue dans cette voiture où elle était prisonnière n'eût été violée, prise en chasse et presque noyée pour que lui soit donné de découvrir une nouvelle jouissance.

La conversation était de bon ton, entre gens de bonne compagnie et Ben, de toute évidence, appréciait qu'Edmée eût fait preuve, en reprenant ces paroles, d'une forme d'humour et de subtilité qu'il ne lui soupçonnait sans doute pas.

Ils arrivèrent dans une auberge isolée dans la campagne : une seule lumière à la fenêtre. Ils entrèrent dans le bar où un homme d'un certain âge, assis sur une banquette usée, lisait son journal, lunettes sur le nez.

À cet instant, Edmée perçut des bruits de fête foraine qui parvenaient de derrière la salle. Mais déjà, l'homme, en les voyant entrer, pliait son journal sans manifester la moindre surprise. Ben et ses amis se rendirent au bar : l'homme s'approcha, leur servit des alcools, puis, comme Edmée faisait mine de venir, elle aussi, pour consommer quelque boisson, il alla vers elle, lui prit le poignet, la tira jusqu'à la place qu'il occupait auparavant et ordonna :

— Allez ! déshabille-moi !

Jusque-là, Edmée avait été soumise à bien des violences, mais jamais elle n'avait eu à obéir à un être âgé ou laid.

Elle se tourna désespérément vers Ben. Le vieux s'adressa aussi, à lui :

— Alors, chef ? Elle le veut, non ?

Cette « Elle » dont il était à nouveau mystérieusement question, qu'attendait-elle d'Edmée ? Était-elle plutôt sa prisonnière que celle de Ben ?

Celui-ci fit un signe de tête affirmatif. Edmée ne comprenait rien aux propos échangés. Tous ces gens qui appartenaient à ce temps, qui avaient des activités et des conversations ordinaires, avaient parfois des mots étranges et des attitudes qui étaient d'un autre monde. Edmée, encore une fois, eut le sentiment que Ben la menait vers un but qu'elle ignorait.

L'homme lui prit la main, la posa sur sa braguette :

— Ouvre-la !

Edmée glissa un doigt à l'intérieur de l'étoffe qu'elle sentit rêche, repoussante d'avoir sans doute absorbé des écoulements cachés. Une fureur la prit : elle alla chercher le sexe, le sortit : il pendait encore mollement et commençait juste à bander. Puis, telle une furie, elle défit la ceinture, détacha les bretelles, fit tomber le pantalon, arracha la chemise. En un rien de temps, l'autre se trouva nu comme un ver et Edmée se saisissant du ceinturon et des bretelles se fabriquait un fouet et lui cinglait le visage, la poitrine, les fesses trop blanches. Surpris, l'homme poussa d'abord un gémissement puis saisit Edmée par les cheveux, mais elle se débattit tant et si bien qu'elle lui laissa une touffe blonde dans la main et continua de frapper. Il bandait maintenant et glissa à terre. Ses lunettes tombèrent. Edmée éprouvait une étrange jouissance à l'idée qu'il était entouré soudain d'un monde aussi flou que son corps était flasque et mou. C'était comme si elle avait reconstitué, pour cet énorme poisson-chat, un univers aquatique dans lequel il essayait maladroitement de nager. Il lui saisit la cheville et la fit chuter près de lui.

Vers le bar, Ben et ses amis, riaient à gorge déployée et prenaient des paris.

Ben paria que le vieux la baiserait.

Celui qui l'avait prise dans la barque, partageait le même point de vue. Le troisième considérait que le vieux ne parviendrait jamais à introduire son engin dans la vulve ou l'anus d'Edmée.

— Il débandera à la première tentative ! déclara-t-il. Je parie cinq mille francs...

Les enjeux montaient. Des billets s'accumulaient sur le zinc du comptoir, près des cendriers dans lesquels se consumaient les mégots.

Edmée, couchée près du corps du vieil homme, décida que ce serait elle qui mènerait le jeu : elle ferait gagner celui qui misait sur elle plutôt que sur l'autre.

Elle tendit la main, fit mine de caresser les couilles et la verge de l'homme : il bandait de plus en plus et tenta de saisir Edmée, de la tenir contre lui et de la pénétrer enfin. Elle s'esquiva habilement, reprit le ceinturon et cingla le sexe en érection. L'homme gémissait et ne cessait de bander. Finalement, Edmée monta sur lui, les deux jambes nues autour de sa nuque, les poils de sa touffe, humides du plaisir procuré par cette rage et cette force nouvelles, elle fouetta ses flancs comme on le fait d'un cheval, et ordonna :

— Au trot ! Allons, au trot !

Il avançait péniblement, la sueur ruisselait sur son front, ses épaules nues parsemées de quelques poils frisés, poivre et sel.

— Au galop ! s'écria-t-elle, excitée par sa réussite. Et l'homme tenta comme il le put, d'accélérer le rythme. Il tomba finalement, fourbu, de tout son long, souffle court.

— Chef ! murmura-t-il. Ce n'était pas convenu comme ça !

Le rire de Ben lui répondit.

Il râlait légèrement, Edmée colla son oreille contre sa poitrine et lança :

— Ton cœur bat encore ! vieille bête ! Allez, redresse-toi, redresse-toi ou je te tue sous le fouet.

L'homme laissa échapper deux larmes, se redressa et reprit un moment son parcours, mais il s'effondra bientôt à nouveau, incapable de poursuivre. Edmée essuya ses joues, prit le sexe usé et pourtant valide entre ses doigts et s'employa à branler le gisant avec d'infinies précautions.

Elle était toujours montée sur lui, sexe contre sa nuque, bras tendu. Ils jouirent en même temps : sa liqueur s'épandit sur le cou de l'homme qui déchargea dans sa main.

Edmée se releva, s'approcha des trois spectateurs et demanda, provocante :

— Alors, lequel de vous a gagné ?

Celui qui avait misé sur l'impossibilité qu'avait le vieil homme de pénétrer Edmée empochait l'argent.

Ben prit les doigts d'Edmée, encore tout gluants de sperme, les porta à ses lèvres :

— Tu progresses ! Tu viens de remporter une victoire, mais le chemin de la connaissance est semé d'embûches...

Le vieil homme se relevait difficilement et sans penser à se vêtir allait au bar se servir un grand verre d'alcool blanc. Cependant, Ben ne donnait pas à Edmée le temps de se ressaisir, il l'entraînait par la porte arrière jusqu'à une cour, à l'intérieur de l'auberge, dans laquelle se trouvait un carrousel. Des gens s'amusaient joyeusement, certains remarquèrent Edmée et des hommes firent des plaisanteries grasses.

— Monte sur ce manège ! ordonna Ben.

— Mais je ne peux pas ! murmura-t-elle. Regardez, ils ont tous les yeux sur moi.

— Monte ! fit-il, d'un ton sans réplique.

Edmée comprit qu'on lui ferait payer cher sa victoire sur le vieil homme. Sous les quolibets des assistants, elle se dirigea vers une sorte de carrosse, espérant ainsi pouvoir s'y cacher un peu. Mais Ben lui envoya un des deux hommes — celui qui avait parié sur elle — et elle reçut cet ordre :

— Choisis un cheval, ou n'importe quel animal que tu monteras en amazone.

Un plaisantin l'aida à sortir de son carrosse de pacotille... Ben demanda qu'on éteignît tout alentour et que l'on dirigeât les projecteurs sur le manège, puis soudain il s'écria :

— Attendez !

Il s'approcha, souleva Edmée sans effort et la porta à l'autre extrémité du manège.

Une licorne rose attendait :

— Non ! supplia Edmée qui avait déjà deviné l'intention de Ben...

— C'est la dernière épreuve, lui dit-il, très doucement. Après cette descente commencera le temps de l'ascension. Ne résiste pas ! Tu y trouveras peut-être du plaisir.

Et il planta Edmée sur la corne qui lui rentra jusqu'au fond du vagin. Elle s'agrippa à la barre de bois transversale de crainte d'être déchiquetée et le manège se mit en route. La licorne montait et descendait tandis que le carrousel tournait, sous les projecteurs, son mouvement accompagné par une ritournelle.

Hissée puis ramenée plus bas, Edmée finit par trouver une sorte d'excitation à ce mouvement vertical. Le bois de la licorne glissait sur les parois intérieures de son sexe, emplissait son ventre. Elle finissait — Ben avait raison — par y trouver du plaisir et craignait seulement que le manège ne s'arrêtât avant qu'elle eût joui.

Les yeux de tous étaient rivés sur elle et, alors qu'au début, elle avait été tournée en dérision, maintenant, les uns et les autres se taisaient, accordaient leurs ébats amoureux au mouvement de sa monture. Des hommes montés sur des chevaux ou des véhicules ailés relevaient avec indécence les jupes de leur cavalière, descendaient les culottes de coton ou de dentelle et laissaient leurs doigts soudain voraces s'emparer de leurs parts les plus secrètes. Les femmes gémissaient de plaisir. L'une d'elles glissa sur le fond du carrosse et prit goulûment dans sa bouche la queue de son compagnon.

« C'est la ronde qui vagabonde, qui vagabonde et se reprend... » chantaient les voix du carrousel, en fond sonore.

Edmée sentit qu'à nouveau la jouissance allait l'envahir, l'inonder de ce plaisir douloureux et délectable qui semblait chaque fois aller au-delà de lui-même.

Elle glissa une fois encore sur la corne, ne put la retenir, sentit que la pointe touchait la matrice et ce fut comme si toute la chaleur des spots, toute la brûlure dont ils menaçaient, étaient entrées en elle, irradiaient ses membres, les tendaient au-delà de leur capacité d'extension. Elle poussa un hurlement, ses reins se cambrèrent, sa tête, d'abord tournée vers le ciel de nuit, retomba.

Elle ne sut pas que le carrousel s'était arrêté, que des femmes l'avaient soulevée avec précaution et avaient soigneusement recueilli, de leurs doigts, les gouttes de liqueur et de sang qui s'écoulaient encore le long de ses jambes. Elle s'éveilla, toute vêtue, dans la voiture, au côté de Ben.

Les autres avaient disparu... mais avaient-ils jamais été là ?

— Il est temps que nous allions dîner, fit Ben avec un sourire enjôleur.

Le bal

Ben gara sa voiture dans les rues d'un petit village qu'elle eut du mal à reconnaître : était-ce celui à la gare où le train s'était arrêté ? Il était tard et ils étaient les seuls passants. La maison était ancienne et charmante : juste trois étages que reliait un escalier de bois ouvragé. Le lieu sentait la cire, les pommes, le feu récemment éteint dans la cheminée. L'appartement se situait loin du château.

Ben se servit à boire, offrit à Edmée une coupe de champagne et lui dit :

— Montez, vous trouverez au troisième étage une chambre, entrez-y : elle est la vôtre ce soir. Sur le lit, sont disposés des vêtements à votre intention. Revêtez-les. N'ajoutez rien à ce qui vous est proposé, c'est ainsi que je vous veux pour notre dîner de tout à l'heure.

« Redescendez lorsque vous serez prête. »

Elle but la coupe de champagne et obéit aux ordres de Ben en s'étonnant qu'il soit passé du tutoiement au voussoiement. Qu'est-ce que cela pouvait signifier dans le parcours qu'elle accomplissait ?

Au troisième étage, une seule porte était ouverte : elle imagina que c'était celle de « sa » chambre... elle s'étonna qu'elle fût juste telle qu'elle l'avait rêvée lorsqu'elle vivait chez ses parents : le lieu même où la jeune fille — en quelque époque que ce soit — souhaite se retirer pour pleurer ses chagrins d'amour ou caresser des images. L'armature du lit en métal évoquait le couvent, les taies d'oreiller ornées de dentelles, la couverture en piqué de coton, la bergère de soie rose disaient un temps à jamais révolu.

Comme Ben le lui avait indiqué elle trouva, sur le lit, une chemise de nuit blanche, longue et brodée, avec des lacets coulissants au col et aux poignets : elle ôta les vêtements qu'elle portait, observa dans le miroir son corps que les étapes franchies avaient modelé : il était plus mince, plus souple, plus pervers aussi. Elle découvrait avec volupté la courbe de ses hanches et ses doigts s'amusèrent un moment à en suivre le dessin : ses épaules, ses seins..., elle frémit au simple contact de sa main devenue experte en effleurement puis descendit sur son ventre et glissa vers la touffe sombre, fourragea dans l'entrejambe, lentement, lentement, avec cette attention qu'on peut se prodiguer à soi-même. Bientôt elle haleta, la jouissance l'envahissait, laissait s'écouler une substance douce et laiteuse sur ses doigts.

Une gifle, brutale, la laissa stupéfaite : Ben était arrivé derrière elle, avait vu...

— Tu n'as pas le droit de faire ce que bon te semble. Ton plaisir dépend de moi... et d'autres que je te désigne.

Edmée, nue, gardait comme une fillette sa main sur sa joue.

— Allons, fit-il, viens te faire pardonner.

Il lui passa la chemise blanche, la noua soigneusement, puis il la prit dans ses bras, l'emporta dans une autre pièce et la coucha sur une table.

— Plie les jambes.

Elle obéit. Il souleva la chemise jusqu'au ventre, sortit son sexe. Elle avait l'impression d'être dans un dortoir, violée la nuit par quelque terrifiant vigile, de ceux, parfois légèrement demeurés, qui abusent sans qu'elles osent s'en plaindre, des pensionnaires. Il défonça l'anus, s'introduisant ainsi au plus profond sans vouloir entendre les gémissements qu'elle poussait, ou plutôt, en s'en délectant et en savourant cette nouvelle vigueur qui rendait son vit dur comme un os de seiche.

Il lui donna à nouveau une gifle en lançant :

— Silence !... Si tu as mal, pousse, ce sera plus facile.

Lorsqu'il eut éjaculé, Ben essuya son sexe sur la motte humide d'Edmée.

— Tu as tout de même joui, à ce que je vois... Alors on va recommencer devant.

Elle essaya d'étirer les jambes, mais une autre gifle s'abattit sur son visage :

— Je ne t'ai pas permis de bouger !

Il recouvrit cette fois son visage de la chemise maintenant maculée.

Il la pénétra par-devant et fit en sorte qu'elle jouisse deux ou trois fois avant qu'il ne se retire.

Puis comme s'il avait une idée d'enfant espiègle, soudain :

— Tu peux allonger les jambes ! Attends...

Edmée se laissait aller à une douce somnolence, sur la table, lorsque Ben revint muni d'une paire de ciseau :

— Tu as trop de poils, on ne voit pas assez ton con et pour notre sortie, ce soir, je veux qu'il soit plus en évidence.

Elle sentit l'acier froid des ciseaux aller et venir au bas de son ventre, passer entre ses jambes et parfois, tirer sur un poil récalcitrant. De temps à autre, Ben se penchait et soufflait dessus pour qu'ils s'envolent.

Il coupa les poils à ras de sexe, ne laissant qu'une ombre noire sur la motte autour des lèvres.

— Voici un con parfaitement indécent ! s'exclama-t-il, ravi. Levez-vous. Allez vous habiller. Je vous l'ai dit, nous sortons.

Comme Edmée faisait mine de se diriger d'abord vers la salle de bains, il s'interposa :

— J'ai dit, habillez-vous. Et gardez sur vous ces traces de l'amour.

Elle trouva dans l'armoire de la chambre une jupe d'organza mauve, transparente, rebrodée de noir, des chaussures noires à talons hauts, des gants mauves et un chemisier de voile noir. La jupe n'était qu'un bandeau qui enserrait son ventre et ne cachait rien de son sexe.

— Vous êtes prête... fit Ben en l'observant. Je souhaite que vous releviez vos cheveux en un chignon strict.

Puis lorsque ce fut fait, il lui tendit une paire de gants mauves également ornés de manchettes noires.

Ils roulèrent longtemps dans la campagne. Vers quelle destination ? Edmée eut soudain envie de tenter une discussion avec Ben :

— Je voudrais que vous me disiez où nous allons, ce que je fais ici, pourquoi vous exigez de moi des tenues aussi honteuses, et ce que vous attendez de tout cela.

Ben ne répondit pas. De temps à autre, sa main se promenait sur le sexe mis à nu et, malgré elle, chaque fois, Edmée sentait le pincement du plaisir faire jaillir d'elle la liqueur au parfum d'ambre.

Le restaurant où Ben l'emmena était un lieu extrêmement raffiné. Ben y était visiblement connu et si le personnel ne broncha pas, des regards étonnés suivirent tout de même Edmée lorsqu'elle traversa la salle pour se rendre avec lui, à leur table.

Un orchestre jouait des airs de danse. Les mets étaient délicats, les flammes des bougies donnaient aux yeux une lueur de fièvre.

— Vous êtes belle ! fit Ben en portant à ses lèvres la main d'Edmée. Ce soir, vous allez avoir les réponses aux questions que vous vous posez.

Il commanda du champagne et leva sa coupe :

— À vous, Edmée, à la poursuite de votre initiation au plaisir ! Vous êtes particulièrement douée à ce jeu. Demain, vous aurez franchi une étape importante.

Il s'interrompit comme les serveurs apportaient les premiers plats. Edmée le pria de poursuivre.

— Mais dansons d'abord ! fit-il en rejetant sa serviette sur la table.

Des couples se formaient sur la piste, Edmée le supplia du regard :

— Danser ? Dans cette tenue ?

— Vous régressez, ma chère, et c'est dommage pour vous ! Allons, debout.

Elle s'exécuta. Il la prit dans ses bras et lui glissa à l'oreille :

— Laisse tes mains sur tes jambes, ainsi, écarte-les un peu ; je passe mes bras autour de ta taille et nous tournons.

Il la tenait à distance et faisait en sorte que tous voient son sexe exposé dont les lèvres gonflées provoquaient les regards gourmands des hommes et des femmes.

Ils rejoignirent leur table :

— Demain, vous aurez acquis suffisamment d'expérience et franchi toutes les étapes qui feront de vous un chef.

— Un chef ?

— Oui ! Vous dirigerez nos ateliers. Ne vous ai-je pas dit lors de nos premières rencontres que je pouvais vous faire gagner la somme que vous devez restituer à Mme Hore ? Vous êtes en train d'y parvenir. Demain vous serez aussi puissante que Madame qui vous initia, et bientôt plus puissante qu'elle...

— Quel est ce travail ? demanda-t-elle. A-t-il quelque chose à voir avec la cueillette des fleurs et... et... le jardinier ?

Ben eut un petit rire, alluma sa cigarette avant de répondre :

— Il a quelque chose à voir avec tout cela, oui... car en fait nous avons tous un seul et même but que vous découvrirez bientôt. Pour l'atteindre, chaque moment de votre parcours se doit d'être différent.

Edmée n'exprima pas sa surprise mais demanda :

— Et pourquoi si, demain, je dois être un chef, pourquoi suis-je, aujourd'hui, traitée comme une esclave, un objet ?

— Parce que vous y trouvez votre plaisir, ma chère ! fit Ben en levant à nouveau son verre.

Edmée rougit violemment, ce qui amusa beaucoup son compagnon. De fait, le souvenir de Mme Hore qu'il venait d'évoquer lui paraissait maintenant des plus lointains. Depuis son arrivée au château, elle ne pensait plus en termes d'hier ou de demain mais ne vivait que ce qui faisait l'instant d'aujourd'hui. Elle vida, elle aussi, sa coupe. Elle allait commencer à goûter à son plat lorsqu'un homme s'inclina devant elle, l'invita à danser.

— Mais non ! fit-elle en bégayant. Je suis avec Monsieur.

— Allez, Edmée ! fit Ben. Je ne m'en offusque pas.

Il ne répondit pas à son regard de supplication : elle se leva, suivit l'homme sur la piste. Il la tenait tout contre lui et elle sentait, à chaque mouvement, l'étoffe rêche de son pantalon gratter la chair fragile de son membre. Il bandait et se frottait contre son ventre. Soudain, pour se venger d'être ainsi soumise à lui, elle se mit, de sa main, à encourager le sexe en érection. Le sperme jaillit bientôt, s'épandit sur le tissu sombre, fit une énorme tache. Il sortit son mouchoir et s'éloigna. Edmée allait rejoindre Ben lorsqu'un autre individu lui glissa la main entre ses jambes et la retint ainsi.

— Attendez !

Puis s'adressant aux clients du restaurant qui faisaient cercle :

— Je vais vous régaler d'une petite attraction. Ne bougez pas ! fit-il à Edmée. Tenez-vous bien droite, il ne vous arrivera rien de mal.

Et lentement, la tenant ainsi assise sur sa main, jambes écartées, il la souleva de terre, la hissa très haut au-dessus des têtes. L'assistance applaudit et Edmée vit que Ben se joignait à eux :

— Et si on la jouait aux enchères ! proposa une jeune femme aux airs timides et réservés.

La proposition fut joyeusement acceptée par tous.

Le colosse ne la reposa pas à terre, mais se servant de son corps comme d'un axe et de son bras comme du rayon d'une roue, il se mit à tourner en l'offrant ainsi aux regards. Ben se leva, Edmée attendit, le cœur battant, qu'il vint la délivrer... Mais il lança :

— Je trouve cette idée fort drôle et je me propose d'être le commissaire priseur. Simplement, nous ne la jouerons pas pour de l'argent, chacun devra trouver à donner quelque chose qu'il considère comme ayant du prix... Musique, s'il vous plaît !

Les violons commencèrent sur un air très gai qui communiqua encore plus d'excitation aux participants. Des rires et des cris fusaient çà et là. Soudain, une jeune femme s'approcha :

— Je donne mon flacon de parfum *La Ruche* pour qu'elle m'appartienne un instant...

— Belle mise ! s'exclama Ben. Elle est à vous !

— En fait, poursuivit la jeune femme dont les cheveux bruns formaient une natte sur le dos, je serai à elle autant qu'elle sera à moi. Je voudrais que nous ressemblions aux deux flancs d'une fontaine.

Elle prit Edmée par la main. Son air très doux rassura la jeune fille. Elle la conduisit au milieu de la piste, se dévêtit, et dos à dos, la tint, bras dessus, bras dessous.

— Prenez mon parfum d'abord, dit-elle en indiquant où se trouvait son sac. Versez-en le contenu sur nous ; qu'il ruisselle de partout sur nos corps... Ensuite, nous continuerons autrement le jeu de la fontaine.

Un homme d'un certain âge, aux cheveux grisonnants et à l'habit sombre, versa sur la chevelure des deux femmes le contenu du flacon. Une odeur suave, trop forte, à peine tolérable emplit la salle. Étrangement, au fur et à mesure que le liquide gras s'épandait sur les corps, il semblait receler d'autres odeurs que, celles, subtiles, des fleurs et des fruits. Des odeurs chargées d'air marin comme le goût d'une huître, ou plus âcres encore, plus sourdes...

Les spectateurs, excités, se mirent à oindre les deux femmes de cette onctueuse liqueur. Leurs bras, leurs cous, leurs seins, leurs ventres et leurs cuisses exhalaient cette fragrance ambiguë. Et les mains qui allaient et venaient s'attardaient, se glissaient dans la fente du sexe, cherchaient à écarter les participantes pour qu'un doigt aventureux explore leur anus.

L'odeur provoquait une ivresse partagée par tous. Soudain, pour se libérer un peu de l'emprise de ces mains multiples, la jeune femme accolée à Edmée s'écria :

— Continuons le jeu comme je l'ai proposé, mais dans l'autre sens.

Elle se retourna, prit Edmée, cette fois, face à elle. Elle pouvait sentir la pointe de ses seins très durs, la douceur de son ventre à hauteur du nombril et son sexe presque rasé se frottait avec délices sur la mousse onctueuse de sa partenaire du moment. Celle-ci, en verve, lança :

— Nous sommes toujours une seule et même fontaine ! Versez sur nous des boissons fortes et buvez-les à nos creux...

Un spectateur se saisit d'une bouteille de vodka qu'il vida en partie sur le dos d'Edmée, en partie sur le dos de l'autre jeune femme. Plusieurs hommes et femmes se ruèrent pour lécher le liquide blanc qui glissait lentement au creux des reins, dans la raie des fesses, à la saignée du genou. Toutes deux gémissaient et riaient alternativement, s'enlaçaient pour ne pas chuter sous la force du plaisir. Edmée sentit une bouche qui prenait son sexe. Une autre bouche s'était emparée de celui de sa partenaire : écoulements de jouissance et vodka mêlés glissaient dans la gorge de ceux qui avaient songé, les premiers, à recueillir l'eau de leur plaisir. Edmée eut le sentiment de fondre tout entière entre les lèvres de celui qui la buvait, mâchait ses poils ras, broutait ses fesses. Ben lui caressa les reins : c'était lui qui venait de la prendre ainsi, ne laissant à nul autre le plaisir de savourer cette essence qui s'épandait hors d'elle.

La jeune femme se sépara d'Edmée, emportée dans les bras d'un homme qui dévorait ses seins et humait ses aisselles.

Le jeu reprit. Un musicien proposa de jouer un air de flûte, en plaçant son instrument entre les jambes d'Edmée.

— C'est ce que je possède de mieux, dit-il en riant, ma musique. Je la donne pour avoir cette femme un instant...

Edmée fut placée sur un tabouret et sommée de se tenir sur la pointe des pieds.

— Si tu bouges, si tu empêches la musique

d'avoir lieu dans toute sa perfection, tu seras punie ! dit Ben tandis qu'on applaudissait.

Le musicien s'accroupit, glissa la flûte entre les jambes, assez haut pour que l'air qui s'en échapperait pénètre dans la vulve d'Edmée. Il se plaça derrière elle, si bien qu'à chacun de ses mouvements, elle sentait ses cheveux qui effleuraient ses fesses. L'air qui emplissait l'instrument et en ressortait, provoquait son sexe, lui donnait des frissons, attisait son attente.

Il joua un morceau très lent puis, lorsqu'il eut terminé, il sodomisa Edmée, en exigeant qu'elle restât ainsi, tout le corps tendu, sur la pointe des pieds.

Lorsqu'il eut déchargé, il enfonça sa flûte dans son anus, elle sentit sa chair secrète éraflée, déchirée par le métal et le bois. Il allait plus avant, plus avant... Il lui arrachait sûrement les entrailles. Elle pria :

— Arrêtez !

— Continue ! lança Ben. Et toi, tais-toi. Il t'a gagnée, qu'il dispose de toi comme il l'entend.

Il fit aller et venir se flûte en exigeant :

— Allez, jouis ! Princesse ! Maintenant, jouis !

Et sans qu'elle sût même comment, au comble de la souffrance, elle pouvait encore avoir une telle réaction, Edmée sentit un épanchement de plaisir glisser le long de l'instrument jusqu'au bord de l'anus. L'autre retira sa flûte et, de sa cravate, nettoya les bords irrités, légèrement excrémenteux puis il s'éloigna sous les vivats, humant l'étoffe de soie.

À cet instant, un danseur professionnel s'apprêtait à offrir, lui aussi, son enjeu : Ben mit un terme au divertissement en entraînant Edmée.

On eût dit qu'il dirigeait un opéra fou car, soudain, tout reprit sa place : les gens retournèrent à leurs tables, les musiciens se remirent à jouer des airs de valses, les serveurs s'affairèrent.

Ben offrit à Edmée une coupe de champagne :

— Je bois à l'ivresse ! dit-il amoureusement. Celle qui est en vous et celle que vous communiquez aux êtres.

Lorsqu'il prit sa bouche, Edmée se souvint avec étonnement de l'émotion qu'elle avait ressentie, ce jour lointain de son premier baiser.

D'où venaient ces balancements, ces silences et ces indicibles douceurs ?

La partenaire

Edmée était stupéfiée par les révélations de Ben la nuit précédente ; tout s'éclairait soudain pour elle, la promesse faite par lui, dans le train, de gagner l'argent qu'elle avait perdu, la cueillette des fleurs sous l'œil vigilant — et la férule — du jardinier, ce jeu permanent avec des flacons qui semblaient à chaque larme versée, à chaque écoulement, recueillir le précieux liquide.

Tous ces gens, comme elle-même, étaient employés d'une personne que peu avaient vue et que tous avaient baptisée : le Reine des Abeilles, car elle était propriétaire de cette marque de parfum célèbre dans le monde entier, *La Ruche*, qu'Edmée avait convoité et volé dans le grand magasin. Il était fait d'essences rares auxquelles étaient secrètement mêlées : larmes, perles de sueur, sperme, liqueur vaginale.

Ben était un des principaux agents de la Reine des Abeilles. D'elle, il refusa de parler :

— Peut-être la rencontreras-tu un jour, si elle le juge opportun. Ce qui compte aujourd'hui, c'est que tu comprennes bien la manière dont nous fonctionnons. Les femmes que tu as vues sont dédiées au plaisir et les hommes qui les rejoignent vers le portail, dans le lierre, ou à l'extérieur comme cela a été le cas pour toi, sont soit au service de notre maison, soit des amateurs d'émotions subtiles qu'ils paient fort cher. Ainsi s'accroît le pécule de chacune de nos partenaires, ou de nos ouvrières si tu préfères. Elles repartent chaque fois avec une belle somme d'argent. Aucune, jusque-là, ne s'est plainte. Aucune n'a révélé le secret : le danger pour elle serait trop grand. Je t'expliquerai cela plus tard.

« Pour que ce parfum que nous fabriquons parle à l'âme autant qu'aux sens, il doit avoir son origine en amont des gestes quotidiens, il doit être fabriqué là où se tisse l'inénarrable. »

« C'est par l'odorat que bêtes et hommes, s'émeuvent... et cette vibration se cueille là où les secrets, les tabous, les hontes trament, ensemble, un fond parfumé et inoubliable. Voilà, tu sais l'essentiel du but que nous poursuivons, veux-tu rester avec nous ? Veux-tu partir ? Tu as le choix, mais si tu pars, tu ne pourras jamais revenir et, si tu demeures, tu devras aller jusqu'au bout du chemin que nous te traçons.

— Je reste ! fit Edmée, en s'asseyant sur un des fauteuils de la chambre.

Elle voulait connaître la fin de l'aventure et nulle crainte ne pourrait la faire rebrousser chemin.

— En es-tu sûre et sais-tu à quoi tu t'exposes ? insista Ben.

Sans répondre, et pour la première fois, elle prit l'initiative de la provocation : elle écarta ses jambes vêtues de bas blancs à la jarretière de dentelle, son sexe apparut, encore tiède d'avoir été travaillé toute la nuit précédente, le clitoris rouge, tel une baie au soleil, les lèvres gonflées comme si l'amour les emplissait de sève qui attendait de s'écouler encore. De sa main droite, elle dégrafa violemment le corselet qui cachait ses seins et ainsi, comme violée par elle-même, invitant l'homme qui la contemplait à la prendre encore, elle planta ses yeux dans les siens.

Ben vint s'agenouiller entre ses jambes et lécher le pourtour soyeux du delta ombreux, l'arête piquante du clitoris. Elle jouit dans sa bouche tandis que ses mains broyaient les cuisses, sous la dentelle.

— Suis-moi, dit-il. Tu vas devenir plus importante que celle que tu appelles « Madame ». Je vais te confier une fonction de confiance. Es-tu sûre de ton choix ?

Comme il s'était levé, ce fut elle qui s'agenouilla devant lui, et approcha sa bouche ouverte du vit bandé. Elle en caressa d'abord, de la langue, le gland fragile, puis le branla par le simple mouvement de ses lèvres. Le rythme de la succion s'accélérait. Il s'enfonça jusqu'au fond de sa gorge ; Ben éjacula en rugissant de plaisir... puis il émit une sorte de soupir, proche du sanglot, proche aussi d'une plainte d'enfant. Elle posa ses deux mains sur ses fesses et fit pénétrer son index dans l'anus, le sexe se remit à bander de plus belle. Elle faisait tourner son doigt et pénétrait plus avant, comme si elle voulait explorer ce trou d'ombre. Contre son épaule, Ben frottait sa bite et ses couilles. Quand elle retira le doigt, elle le huma et le porta aux narines de Ben qui le lécha avec gourmandise.

— Viens ! fit-il.

Elle s'était vêtue d'une petite robe rayée, très sobre, qu'il avait préparée pour elle, comme chaque fois depuis son arrivée à la Ruche. Les vêtements, eux aussi, étaient des symboles qui ne souffraient pas d'être modifiés au hasard.

— Tu vas diriger une section de l'usine, lui dit-il en cours de route : le laboratoire. Tu auras une secrétaire à ta disposition...

Ils arrivèrent dans une aile du château qu'elle ne connaissait pas encore : aménagée de manière très moderne, telle qu'on se serait cru dans des bureaux.

Ce fut devant une de ces pièces qu'ils s'arrêtèrent. Ben ouvrit la porte, s'effaça pour la laisser passer.

— Tu vas trouver là une jeune femme qui est à ta disposition : ta secrétaire. Tu peux et tu dois tout exiger d'elle. Ce sera la première étape. Nous te ferons savoir ce qu'est la deuxième. Sur ton bureau, un flacon de notre parfum. Il est le plus aphrodisiaque de tous ceux qui ont jamais été fabriqués. Et tu en connais les raisons. Utilise-le si tu le veux, comme tu le veux.

— Vous ne venez pas ? demanda-t-elle, un peu inquiète alors qu'il faisait mine de s'éloigner.

— Non, cette étape aussi, tu dois la franchir seule...

Edmée entendit la porte se refermer derrière elle.

Dans la pièce sombre, une jeune femme blonde était penchée cul nu vers la machine et simplement parée de bas et d'un porte-jarretelles. Elle tourna la tête en direction d'Edmée, mal à l'aise d'abord. Mais au fur et à mesure qu'elle constatait la crainte qui habitait l'autre, elle se sentait envahie du désir irrépressible d'exercer son pouvoir. L'abus de sa puissance était sans doute une grande source de plaisir.

Elle s'approcha et dit d'un ton sec :

— Tourne-toi, ne me regarde pas et penche-toi davantage ! Ce n'est pas assez ! Tiens, mets-toi sur ce fauteuil, tête par-dessus le dossier. Je ne veux voir que ton cul...

L'autre s'exécuta. Edmée eut le sentiment qu'on l'observait, par-delà les murs : elle était là pour faire preuve de sa force nouvelle, on la jugeait et cette proie facile qu'on lui avait donnée, elle décida de ne pas l'épargner. Elle regarda la croupe lisse, le sexe offert, l'ombre noire de l'anus... Sur la table, le flacon de parfum annoncé par Ben... Elle s'en frictionna les mains, puis se mit à inspecter le vagin et l'anus de sa sujette qui gémissait.

— Tais-toi ! dit-elle.

L'autre finit par ne plus gémir mais haleter et jouir dans les mains d'Edmée.

— Lèche ! fit-elle, en lui tendant ses doigts.

Elle s'exécuta.

— Tu peux te lever, fit Edmée. Tu vas me montrer de quoi tu es capable pour exciter mon désir. Allez, commence...

Elle inspira le parfum et même s'en mit une goutte aux coins des lèvres.

La jeune femme, Edmée dut l'admettre, ne manquait pas de ressources. Malgré sa terreur qui la rendait encore plus émouvante, elle savait provoquer : yeux clos, jambes écartées, sexe donné aux regards... Puis elle se caressa les seins et sembla y prendre un tel plaisir qu'Edmée s'approcha d'elle, la gifla.

Un énorme tampon était posé sur la table, sur son carré d'encre. Edmée s'en saisit et ordonna à la secrétaire de se coucher sur le bureau, puis elle lui enfonça le manche dans le vagin. Il devait lui donner l'impression que ses entrailles allaient éclater. Elle devint très rouge... Edmée eut alors une autre idée, lui laissant le manche enfoncé, elle se saisit d'un cordon qui retenait un rideau, l'arracha et se mit à fouetter sa victime. Celle ci faillit tomber. Edmée s'emporta :

— Tiens-toi droite ! Ce n'est pas fini...

Elle compta encore dix coups de ce fouet qu'elle avait improvisé et exigea que la malheureuse compte avec elle. Puis, quand ce fut fini, elle lui attacha les mains derrière le dos et lui lia les chevilles.

Elle sortit alors le manche du vagin meurtri et se souvint de ce que Madame lui avait fait subir, après Ben, avec ce diabolique parfum. Mais elle ferait mieux. Plutôt que d'en badigeonner les parois du sexe irrité elle décida de l'utiliser autrement pour lui donner tout son pouvoir.

Elle renversa la jeune femme soumise sur le fauteuil, lui souleva les fesses qu'elle cala avec un coussin, passa la tête entre ses jambes, avala une gorgée de *La Ruche*, qu'elle laissa traîner sur sa langue et les parois de son palais, puis elle posa sa bouche sur le sexe qu'elle prit soin d'ouvrir de ses doigts et injecta ainsi la liqueur dans le ventre sans défense.

L'autre poussa un cri ; on n'eût su dire s'il était de jouissance ou de douleur. Dès qu'elle eut finit, Edmée referma les lèvres du sexe, serra très fort :

— Je t'interdis de pisser ce que je viens de te mettre dans le ventre. Tu dois le garder longtemps... Dis que tu aimes ?

L'autre se taisait, fermait les yeux. Edmée la gifla :

— Dis que tu aimes !

— Oui, j'aime ! soupira-t-elle. Mais je sens que tout ce liquide s'écoule en même temps qu'il me brûle.

Un filet très fin coulait effectivement entre les mains d'Edmée. Elle le lécha au fur et à mesure qu'il passait et la jeune femme qui recevait, au hasard, des caresses de la langue d'Edmée se cambrait malgré la douleur que lui infligeait l'alcool épicé et les liens qui la serraient trop fort.

Edmée la prit dans ses bras ; avec une force qu'elle ne se connaissait pas, elle la souleva et la posa sur le tapis, elle défit ses liens, lui écarta largement les jambes et se coucha en sens inverse, en prenant la même pose, comme si elles devenaient toutes deux le reflet l'une de l'autre. Elle s'approcha jusqu'à ce que leurs sexes se touchent.

Il n'était plus besoin d'ordonner, sa partenaire éprouvait le même plaisir à frotter son clitoris contre celui d'Edmée, et sa toison abondante contre ses poils courts.

Elles se massèrent ainsi sans même que les mains interviennent et leur liqueur mêlée glissa en gouttes poisseuses et odorantes sur les fils du tapis.

Edmée tendit la jambe, son pied se trouvait à hauteur de la bouche de sa partenaire : elle la caressa de son gros orteil et celle-ci entrouvrit les lèvres, entreprit de lécher l'un après l'autre chacun des doigts. La langue glissait parfois jusqu'à la plante du pied. Edmée se sentait transformée en fontaine d'amour.

À cet instant, la lumière s'éteignit dans la pièce. Les deux femmes se redressèrent, voulurent s'étreindre, mais l'une d'elles — la partenaire — était violemment happée et emportée ailleurs.

La lumière revint. Edmée était seule. Ben entra :

— Écoute, tu as très bien réussi cette étape, une fois encore. Mais tu as failli perdre car tu étais au bord de l'attendrissement. Nous sommes intervenus à temps. Je pars à nouveau. Ouvre cette porte, sur la droite...

Le laboratoire

Edmée obéit, galvanisée par ces étranges paroles. Elle se dirigea vers la droite du bureau, poussa la porte, longea un couloir qui menait à une autre porte entièrement faite de verres opaques celle-là, montés sur une armature métallique. Elle la poussa, entra dans une antichambre et perçut, au-delà des cloisons, des murmures, des gémissements de machines, des bouillonnements de liquides. Avec une crainte qu'elle tenta de maîtriser, elle ouvrit, resta sur le seuil et ce qu'elle vit, bien qu'elle se fût préparée à affronter l'insoutenable, la laissa un instant stupéfiée : devant des tables de marbre blanc, des hommes nus, parfois enchaînés, étaient offerts aux sollicitations de jeunes femmes qui les caressaient, les harcelaient de mille et une manières jusqu'à obtenir d'eux qu'ils éjaculent : elles recueillaient alors le sperme dans des fioles et en vidaient le contenu dans d'immenses alambics. Plus loin, sur d'autres tables, d'autres hommes, d'autres femmes, seulement vêtus de blouses transparentes, avaient des attitudes de savants chimistes, penchés avec attention vers des vasques emplies de liqueurs parfumées, en effervescence.

À sa grande surprise, Edmée vit Madame s'approcher d'elle et abandonner, pour ce faire, un instant l'homme dont elle travaillait le sexe.

— Vous devez diriger la chaîne. Inventez des idées nouvelles pour améliorer le rendement et la production. Ces hommes sont nos esclaves. Ils ne le font que pour satisfaire leur plaisir. La souffrance et l'humiliation leur en procurent de plus grands que toute autre forme d'échange. C'est une des raisons pour lesquelles ce lieu où nous sommes s'appelle « *la Ruche* ». Nous sommes des abeilles laborieuses, ils sont nos pucerons et nos fourmis prisonniers ; au-dessus de nous, la Reine des Abeilles que peu d'entre nous ont vue. Te voilà informée. Tu seras jugée sur tes actes.

Madame, selon un code sans doute précisément établi et dont Edmée percevait mal les règles, passait, comme Ben, du « vous » au « tu ». Était-ce parce qu'elles étaient maintenant égales ? Ou parce qu'elle annonçait ainsi, entre elles, d'autres jeux ? Madame reprit sa place à genoux, entre les jambes d'un homme dont le sexe, un instant au repos, avait légèrement débandé. Cette vue provoqua Edmée plus que ne l'aurait fait un vit superbement dressé : il y avait dans cet abandon tant d'intimité révélée, tant d'innocence qu'elle se sentit étreinte d'un étrange désir de caresses et de violence.

Edmée fit un geste :

— Attendez ! Que les hommes se penchent tous en avant, coudes sur la table de marbre. Qu'on leur bande les yeux, nul n'est besoin qu'ils participent du regard à ce que nous allons leur donner.

On lui obéissait et elle se grisait de sa force, de cette nouvelle cruauté qu'elle sentait monter en elle pleine comme un pain levé, doré, lisse et chaud.

— Ne les ligotez pas, poursuivit-elle, mais si l'un d'eux bouge pendant l'opération, il sera fouetté par chacune d'entre nous, jusqu'à en perdre connaissance.

Lorsque les hommes furent prêts, Edmée, d'un geste, ordonna aux ouvrières de suivre son exemple : elle se saisit d'une fiole emplie d'un liquide en ébullition et l'enfonça dans l'anus du premier. Il ne put retenir un long gémissement. Chacune des filles en fit autant. Quelques-uns des hommes émirent des murmures contre ce traitement, Edmée lança :

— Vous vous souvenez de la punition promise ?

Mais auparavant, il fallait profiter de l'érection immédiate provoquée par cette pénétration du verre. Les filles vissèrent un tube immense sur le sexe de chacun d'eux et utilisèrent chaque fiole comme un godemichet qui multipliait leur puissance.

À ce spectacle, Edmée ne put s'empêcher de laisser ses doigts s'enfoncer dans la touffe dure qui poussait comme une mousse entre ses jambes, au bas de son ventre. Elle remonta sur son sein, excita le mamelon. Le désir la taraudait maintenant. Elle fit un signe aux ouvrières après quelques longues minutes, puis elle se saisit d'une lanière qui ne pouvait avoir été mise à portée de sa main qu'à cette fin et déclara :

— La punition annoncée.

Elle tendit le fouet à Madame et, la tutoyant à son tour, d'instinct, puisqu'elle sentait que ce simulacre ludique s'imposait — Madame n'était-elle pas maintenant sous ses ordres ? — elle lança :

— Fouette celui-ci !

Cependant, elle s'approcha de la victime désignée, redressa sa tête en la saisissant par les cheveux, attrapa son sexe et se le fourra dans le sien, ruisselant, chaleureux et vorace, tandis que les coups pleuvaient sur le dos et les jambes de son partenaire.

— Bouge ! cria-t-elle.

L'autre, se mit à la chevaucher avec une énergie renouvelée chaque fois que la lanière le cinglait et laissait des zébrures rouges sur son dos...

— Recueillez le sang ! haleta Edmée tandis qu'elle jouissait et que sa liqueur baignait le sexe de l'homme et ses testicules.

Elle le repoussa brutalement, prit un récipient et y recueillit le sperme qui jaillissait.

— Frappe-le sur les couilles ! dit-elle à Madame. Il n'en bandera que mieux.

Toutes les filles se mirent à suivre l'exemple d'Edmée et bientôt, la file entière se transforma en un immense ballet où les corps soudés puis violemment projetés en arrière voyaient jaillir de leurs entrailles le jet onctueux et doux, triomphant...

Edmée s'assit négligemment sur une chaise, jambes ouvertes :

— Ôtez-leur les bandeaux ! ordonna-t-elle.

Ce qui fut fait.

— Nous allons maintenant broyer les fleurs...

Dans des bacs de métal gris, polis comme des miroirs, les pavots, les églantines, les roses mêlaient leurs pétales aux herbes les plus rares, macéraient dans leur propre suc ; les corps se reflétaient sur leurs parois.

— Nous remplacerons avantageusement la machine, décréta Edmée : que les hommes se penchent sur les baquets et broient entre leurs mains ces pétales, que les filles s'asseyent sur leurs nuques et les chevauchent comme des montures : qu'elles les fouettent et les harcèlent pour que le rythme s'accroisse...

Les hommes ne furent bientôt plus que des dos courbés dont la tête disparaissait tant elle était plongée dans le bac immense, leurs sexes ne cessaient de bander et de débander sous l'effort : lorsqu'elle remarquait un relâchement, Edmée, munie d'une longue aiguille, piquait les couilles du paresseux. Les filles étaient assises à califourchon sur leurs cous et se délectaient à frotter leur clitoris contre les cheveux coupés courts. Un filet de sécrétion douce et gluante s'écoulait souvent le long des épaules.

Edmée s'approcha de l'une d'elles, attirée par ses cheveux coupés courts comme ceux d'un garçon, la pose particulièrement abandonnée, l'expression de délice qui se lisait sur son visage ; elle se pencha sur la nuque baissée et la lécha, comme si elle appartenait à la fille et non à l'homme, harassé, puis elle caressa les lèvres humides de sa langue et murmura : ouvre ta fleur à ma bouche. Cet effleurement, le souffle de ses lèvres firent bander l'ouvrier. Alors, Edmée se pencha sur ses hanches caressa son dos, ses fesses et, de l'ongle, la fente encore rouge et irritée d'avoir subi la précédente agression. Très vite, son sexe retomba, épuisé. Edmée se glissa à terre, le prit entre ses lèvres et le suça jusqu'à ce qu'il emplisse sa bouche comme un énorme pieu. Ses mains allaient et venaient sur le ventre. Elle le laissa éjaculer puis elle se planta devant lui, releva sa tête et recracha le sperme sur son visage.

— Ne t'essuie pas ! lança-t-elle. Laisse sécher...

Edmée ordonna à Madame de veiller à ce que les ouvrières appliquent précisément ses ordres et poursuivent ainsi jusqu'au soir.

Bientôt, une odeur de corps en rut et d'essences de fleurs mêlées emplit tout le laboratoire. Dans les alambics frissonnaient des liqueurs roses, vertes, violettes ; s'en exhalaient des parfums qui provoquaient un vertige incontrôlable.

Edmée s'éloigna pour suivre le travail des chimistes, ceux qui, nus sous leurs blouses transparentes, étaient détenteurs de la formule finale.

Un homme s'adressa à elle :

— À ce niveau de la chaîne, c'est nous qui inventons les méthodes.

Et hommes et femmes l'emportèrent comme un tourbillon : tout ce qu'elle avait fait subir aux esclaves et aux ouvrières, ils le lui infligèrent.

Elle se trouva penchée en avant sur une table de marbre, yeux bandés, un goulot de bouteille contenant le liquide savoureux et fumant dans le cul. Les vapeurs, allaient, peut-être, mettre en lambeaux les parois de son anus et ses entrailles : elle eut l'impression que son trou bleuté et rose devenait immense comme une nef, le vent qui soufflait dedans déployait des voiles. Elle n'avait plus de corps, elle était rocher, océan, algue, poulpe, liquide et brutale à la fois. Ce qui s'écoula d'elle à cet instant fut soigneusement recueilli par les chimistes puis, à son tour, elle fut battue pour avoir d'abord gémi : un homme et une femme se partageaient la tâche, elle ne les voyait pas mais entendait leur voix, leur respiration et sentait la force différente des coups qu'ils lui donnaient. La femme lui fit changer de position de manière à atteindre chaque fois, ses lèvres secrètes. Puis ce fut un sexe d'homme qui la pénétra, après que des doigts énormes et gantés de caoutchouc l'eurent écartée. Celui-ci lui fit poser un pied sur une chaise et la prit ainsi en la tenant dos contre lui et en la pénétrant jusqu'au fond du vagin.

Elle crut qu'ils lui feraient broyer des fleurs à son tour, mais il n'en fut rien : ils la couchèrent sur la table, lui ôtèrent son bandeau et l'un après l'autre, avec douceur, vinrent déposer un baiser qui sur son sexe, qui sur ses seins ou sa bouche.

Elle jouit une fois encore, à même le marbre et comme elle voulait glisser ses doigts entre ses jambes, une femme la retint, releva son bras loin derrière la tête.

Il entra à cet instant, lui tendit la main comme pour l'aider, les autres s'écartèrent à une distance respectueuse. Edmée quitta ainsi le laboratoire, guidée par Ben dont le visage n'exprimait ni satisfaction, ni mécontentement. Ben dont elle dépendait. Sans savoir quel nom donner à cette force qui était en elle et la faisait tendre vers lui comme un nageur perdu en mer tend vers la rive, à cette force qui était en lui et l'attirait comme un horizon.

La Reine des Abeilles

Ils traversèrent un jardin qu'Edmée ne connaissait pas encore : il comportait en son centre un théâtre de verdure où des feuillages et des arbres jouaient avec les colonnades et les statues. Le lieu était tout aussi étrange en apparence que celui qu'elle venait de quitter mais d'une manière différente. Ici, était donnée une illusion de luxe classique, de réserve ; c'était un trompe-l'œil baroque en fait, constitué de savants assemblages de matières vives, telles quelles, ou de leur interprétation.

Edmée entendait crisser les souliers de Ben sur le gravier, elle avançait, pieds nus, de cette démarche légère qu'elle avait acquise depuis son arrivée au château et qui contribuait à faire d'elle un être d'irréalité. Elle aperçut au loin une palissade et se demanda si c'était au-delà que se trouvaient le champ de fleurs, les filles livrées aux guêpes et abeilles butineuses et aux inventions du jardinier.

— Tu as mérité de lui être présentée, fit Ben. Ta surprise sera sans doute grande, mais d'ores et déjà, sache que tu arrives au terme de ton séjour.

Edmée s'étonna de ne pas se réjouir à cette annonce. Mais bientôt, son esprit fut tout entier préoccupé par ce qu'elle avait encore à découvrir.

Qui était cette mystérieuse Reine des Abeilles et comment un homme d'affaires à l'allure aussi sérieuse que Ben pouvait-il jouer un tel jeu ? Certes, elle avait découvert les secrets de la fabrication de *La Ruche*... Mais y avait-il vraiment un secret et les femmes et les hommes qu'elle avait rencontrés, une fois sortis, ne parlaient-ils pas ?

— Tu auras réponse à toutes les questions que tu te poses, fit Ben comme s'il lisait dans ses pensées, puis il glissa tendrement sa main entre ses jambes, enfonça un doigt dans son sexe...

Edmée se souvint du premier jour, s'immobilisa, interdite. Cette aventure...

— Marche ! lui dit-il. Surtout ne t'arrête pas.

Le doigt de Ben vissé en elle, sa cuisse, sa jambe contre celles de l'homme, elle continua sa marche et sentit que le mouvement provoquait cette jouissance qui désormais ne demandait, chaque fois, qu'à irradier dans tout son corps.

Ils arrivèrent devant une colonne haute de un mètre à peine ; Ben prit Edmée dans ses bras la posa dessus et lui ordonna :

— Prends une pose de statue pendant que je m'occupe de ton petit con une fois encore. Mets-toi sur la pointe du pied gauche, cambre les reins, les bras au-dessus de ta tête, voilà, ne me cache rien !

Il approchait sa bouche et mordillait les poils courts qui commençaient à repousser. Il en arracha plusieurs, l'un après l'autre, avec ses dents puis joua de sa langue à la surface des lèvres, mouilla la motte de salive, tout en caressant les cuisses et la croupe large... Il prenait plaisir à sentir monter en elle le désir d'être satisfaite, mais il faisait durer l'attente, en savourait les appels qu'elle provoquait, à fleur de chair et là, en ce creux chaud et humide dont il était devenu maître.

Elle supplia qu'il entre :

— Va plus loin dedans, plus fort...

Mais il s'y refusa. Avec un petit rire, il continua de jouer à la surface de l'orifice soyeux dont la peau frissonnait.

Pourtant, Edmée sentit couler sa liqueur et Ben continua de la lécher par petits coups de langue gourmande comme ceux d'un enfant qui savoure quelque délicieuse friandise.

Puis, comme le pubis d'Edmée, ainsi surélevée, était à hauteur de son visage, il sortit de la poche de sa veste un étrange instrument, lunette minuscule qui aurait pu être un spéculum s'il n'avait été savamment ouvragé. Il l'introduisit dans le vagin d'Edmée et regarda longuement à l'intérieur.

— Magnifique ! s'exclamait-il tout en tournant l'instrument, comme il l'eût fait d'un kaléidoscope. Magnifique !...

Puis il le retira, en lécha amoureusement les parois, prit Edmée dans ses bras et la fit, cette fois, s'asseoir sur la colonne : il dégrafa sa braguette, sortit son sexe et la pénétra lentement, il enserrait sa taille, la secouait et soudain, Edmée eut l'impression qu'un volcan explosait dans ses entrailles : une lave chaude et abondante jaillissait et, crut-elle, brûlait jusqu'à sa bouche, son palais ; sa vessie se gonflait et sans qu'elle pût la retenir, elle pissait de sa pisse et de celle que Ben venait de lancer en elle en un jet puissant ; ses jambes ruisselaient du liquide chaud et doré dont l'odeur s'exalta à la chaleur du soleil.

Les pierres du chemin, à leurs pieds, en furent trempées. Ben se pencha pour les ramasser, en glissa dans la bouche d'Edmée exigeant qu'elle les suce :

— Savoure ! Savoure notre secret.

Il en fit de même avec quelques autres puis il recueillit, dans sa propre bouche, les pierres qu'Edmée avait léchées et lui glissa les siennes.

Des mouches virevoltaient près de la flaque odorante, se posaient parfois sur les jambes nues d'Edmée :

— Surtout ne les chasse pas, ordonna-t-il.

Il la prit enfin dans ses bras et la portant tout au long du chemin, ne cessa de lui donner de tendres baisers ici, de mordre son nez, ses tétons, ses lèvres, le lobe de ses oreilles.

— Ne me livre pas à la Reine ! supplia-t-elle soudain.

— Mais tu ne peux mieux m'appartenir qu'en allant vers Elle ! dit-il. Ensuite, nous serons à jamais liés.

Edmée frémit, ferma les yeux. Rester à jamais dans les bras de Ben, traverser les jardins, mêler leurs humeurs les plus intimes, elle ne voulait rien d'autre.

Ils arrivèrent au haut d'un escalier à une chambre qui comportait des meubles à la fois luxueux et confortables. Au centre, un lit à baldaquins voilé de rideaux blancs se reflétait dans un miroir terni.

Nulle présence dans ce lieu qui, de toute évidence, attendait d'être bientôt occupé.

Il la reposa. Du parquet s'exhalait une odeur de cire douce.

Ben fit asseoir Edmée au bord du lit, ganta précautionneusement ses mains de noir, les plaça lui-même de manière à ce qu'ainsi elles mettent en valeur le sexe largement découvert.

— Ne bouge pas, dit-il.

Et il sortit brusquement, la laissant interdite, inquiète de ce qui allait advenir.

Puis une porte s'ouvrit bientôt : entra une femme vêtue d'un habit de velours noir tel qu'il ne cachait rien de sa nudité mais composait sur son corps, en alternance avec les parties de chair visibles à intervalles réguliers, comme les dessins sur le corps d'une abeille : or et noir.

Les jambes disparaissaient dans d'immenses cuissardes de cuir noir luisant, des manches très ajustés faites de la même matière recouvraient les bras.

Ses cheveux étaient relevés sur le sommet du crâne en un chignon négligé, une immense frange cachait son front et des lunettes noires ses yeux.

Edmée eut l'étrange sentiment de l'avoir déjà rencontrée : n'était-ce pas Madame qui se cachait ainsi ? Ou l'une de ces multiples compagnes rencontrées au champ, au dortoir, au laboratoire peut-être ? Dans les feuilles de lierre du portail ?

Elle ne parvenait pas à trouver et, d'ailleurs, qu'importait !

Elle était maintenant à la merci de cette étrange créature, riche et puissante, qui s'inventait des cérémonies inimaginables pour satisfaire ses désirs.

Elle alluma une cigarette, s'approcha du miroir afin de rectifier une mèche de ses cheveux, décrocha le téléphone... Le tout comme si Edmée n'avait pas été là.

On frappa bientôt à la porte et un maître d'hôtel entra apportant sur une table roulante un repas fin. Il ne marqua pas le moindre étonnement au spectacle étrange que représentait Edmée, sexe nu encadré de deux mains gantées de noir. La jeune fille fut comme saisie de vertige : elle connaissait ce visage... d'où ?

Dès qu'il fut reparti, la Reine s'approcha d'elle, détacha avec soin ses bas, les lui ôta, puis en fit de même du porte-jarretelles. Elle lui laissa néanmoins les gants.

Elle alla s'allonger sur le lit à baldaquin, et ordonna :

— Viens !

Elle lui dit de se glisser entre ses jambes, la recouvrit de la jetée de lit en coton, tira les rideaux.

— Montre-toi digne de ce qu'on m'a dit de toi ! murmura-t-elle.

Edmée sentait sur elle le poids des draps et des couvertures. Sa tête touchait le con noir et frisé qui semblait ne plus appartenir à aucun corps. Elle fit à la Reine ce que Ben, l'instant d'avant, lui avait fait à elle-même et c'était une manière de le rejoindre et de jouir encore au souvenir du plaisir qu'il lui avait donné.

Elle mordilla les poils entre ses dents, en arracha même quelques-uns pour entendre sa compagne, très loin, la tête sur les oreillers, à l'air libre, pousser des petits cris aigus de douleur. Elle lécha du bout de la langue le clitoris énorme, démesuré, qui descendait jusqu'à mi-cuisse, puis quand il fut humide d'une première coulée, elle se mit à le lécher sur toute sa longueur, à le rouler dans sa bouche, à le repousser avec les dents à l'intérieur des lèvres.

De n'être plus que cette bouche qui donnait de la jouissance, cachée sous les draps de ce lit, excitait son imagination.

Elle fit entrer un doigt, deux, trois, dans l'anus d'abord consentant. Elle mordit le gras des fesses pour que les muscles se relâchent, puis, précautionneusement, en gardant le pouce à l'intérieur et en faisant du poing une sorte de pommeau énorme mais souple et glissant, elle pénétra plus avant, plus avant. Des cris de jouissance et de douleur lui parvenaient. Au plus profond, sa main éprouvait la succion des parois élastiques. Elle ne retira son poing qu'après avoir senti la caresse aqueuse baigner ses phalanges, sa paume, son poignet, s'écouler le long de son avant-bras.

Il était moite, gluant, sentait la merde. Elle l'essuya sur les poils du con, puis étira sa main tant qu'elle put, la sortit de sous les draps, atteignit la bouche, la caressa, lui fit lécher l'index et le majeur.

Le drap se souleva, tomba au sol : Edmée, nue entre les jambes de la Reine, humait l'odeur de sueur qui montait de l'aine, de l'entrejambe inondé, des aisselles mousseuses.

Elle leva les yeux vers celle qui avait enlevé son masque, resta un instant stupéfiée, puis s'exclama, souffle court :

— Madame Hore !

Elle rêvait peut-être ?

La Reine sourit :

— Viens plus près.

Mais la surprise avait fait se lever Edmée d'un bond... Le visage du maître d'hôtel lui rappelait quelqu'un ? Mais c'était tout simplement l'homme de peine de Mme Hore. La suite des faits lui revenaient avec précision : la rencontre avec Ben, la punition infligée, la lettre, l'argent perdu...

— Nul n'est besoin de t'expliquer ce qu'il en

est vraiment, fit la Reine. Je t'ai recrutée de la manière que tu sais parce que j'avais deviné tes talents. Tout est vrai : j'ai créé *La Ruche*, inventé ce parfum dont tu connais maintenant le secret. Pour concocter cette eau précieuse qui exhale de telles fragrances, il fallait une alchimie qui aille bien au-delà de simples mélanges, fussent-ils subtils. Tu partiras maintenant...

— L'argent ? demanda Edmée. Je ne l'avais pas perdu, n'est-ce pas ?

— Non, je l'ai retiré de ton sac le même soir. Tout était arrangé avec Ben. Le regrettes-tu ?

Elle tendit la main. Edmée se souvint de ce qu'elle était lorsqu'elle avait rencontré Mme Hore, de ce qu'elle était devenue. Elle tendit à son tour la main.

La Reine la conduisit à la table qu'elle avait fait dresser.

Elles burent des vins exquis, savourèrent le repas : l'ivresse prenait Edmée qui rêvait d'autres étreintes. La Reine comprit-elle sa pensée ?

D'un geste de la main, elle fit tomber tout ce que portait la table et ordonna :

— Allonge-toi ! Tu seras mon festin... Nous y convierons Ben.

Elle fit coucher Edmée sur la table, bras le long du corps, légèrement écartés, jambes droites.

Le maître d'hôtel apporta de nouveaux mets, des candélabres qu'il plaça entre les jambes puis entre les bras d'Edmée : elle retrouva la précision indiscrète de ses gestes le soir, où, dans la baignoire, sur l'ordre de leur maîtresse, il l'avait soigneusement lavée...

Ben entra en cet instant, vêtu d'un smoking et d'un nœud papillon.

— Partagez mon repas avec moi sur cette table que vous m'avez inventée, dit la Reine.

Ils s'attablèrent face à face : ils posèrent leurs mets sur le corps d'Edmée : certains étaient tièdes, d'autres froids.

Elle ne cessait de frissonner. Ils piquèrent des feuilles de salade avec une fourchette découpèrent un pâté avec un couteau sans que la lame fît plus qu'effleurer la peau ou l'érafler.

— Il n'est qu'une fontaine ! fit Ben, en servant le vin aux reflets d'un rouge sombre : le con d'Edmée.

Il versa précautionneusement un filet de vin entre ses lèvres tandis que la Reine buvait.

Puis ce fut le tour de Ben de déguster le breuvage.

La Reine prit ensuite une grappe de raisins et proposa :

— Ben, savourons ces fruits à même la vigne !

Grain après grain, elle fourra toute la grappe dans le vagin d'Edmée. Ben alla chercher le premier, de sa langue. La Reine lui succéda, jusqu'à ce qu'il n'y en eût plus.

— Ne croyez-vous pas que votre protégée a pris autant de plaisir que nous ? demanda-t-elle à Ben.

Il répondit avec un rire :

— J'en suis persuadé : j'ai dégusté autant de raisin que de suc de vulve.

— Il faut donc la punir ! fit la Reine.

Ben approuva d'un hochement de tête : ils firent relever les genoux d'Edmée sur sa poitrine et exposèrent ainsi l'anus.

Ils appelèrent le maître d'hôtel, lui proposèrent de « finir le repas avec eux ».

Celui-ci s'exécuta, il pénétra plusieurs fois Edmée avant de trouver son rythme, s'acharna et finit par décharger, non sans mal.

— La punition est-elle suffisante ? demanda Mme Hore à Ben lorsque le maître d'hôtel fut reparti.

— Je n'en suis pas sûr et j'ai, je crois, encore quelque idée.

Il ordonna à Edmée de se lever, l'attacha debout à un des piliers du lit, prit la Reine dans ses bras et lui infligea la vue de leurs ébats. Edmée souffrait plus que d'une douleur physique de voir Ben avec une autre femme. Elle s'étonnait qu'elle eût pu nourrir un tel sentiment exclusif pour celui qui l'avait ainsi tourmentée. Mais aussi, son corps avait changé et elle ne pouvait, sans souffrance, assister au spectacle de la jouissance échangée sans y prendre part.

Alors qu'il besognait sa partenaire, Ben, d'une main leste, détacha Edmée : mais il ne libéra qu'un bras.

— Fais-toi ce qui te convient ! lui lança-t-il en riant.

Elle allait approcher sa main de son sexe lorsqu'il la prit prestement, la détacha, l'entraîna au lit avec eux et la plaça au milieu.

La Reine s'appliqua à lui mordre les seins avec une telle force qu'une goutte de sang perla sur la peau rose, transparente, Ben s'était assis sur elle et lui avait fourré son sexe dans la gorge. Il éjacula vite et elle avala son sperme avec délices, yeux clos.

Brusquement Ben se leva, Mme Hore en fit de même.

Elle regarda une fois encore Edmée avec attention puis disparut.

— Il est temps pour toi de te préparer, dit Ben.

— À quoi ?

— Tu pars, Edmée. Ton travail ici est terminé. Tu as bien réussi : tu es riche, sais-tu...

Il se rhabillait prestement, puis allait dans la salle de bains, revenait avec une robe très sobre qu'il passait lui-même à Edmée.

— Pas de soutien-gorge ? pas de culotte ? demanda-t-elle innocemment.

— Crois-tu en avoir besoin, maintenant que tu as reçu cette initiation ? Parfume ton corps et que les exhalaisons les plus dangereuses lui tiennent lieu de lingerie...

Il lui passa aux pieds une paire d'escarpins noirs, lui tendit un sac.

— Allons-y ! fit-il... Et souviens-toi de cela : tu te demanderas un jour si tu as vraiment vécu ces moments, tu finiras par n'y plus croire et plus ces images perdront de leur lien avec la réalité, plus elles te seront émouvantes et chères.

— J'aurai ainsi des souvenirs de violence ?...

— Tu sais qu'elle est ailleurs : ce sont les dispensateurs de morale qui sont aussi les dispensateurs de violence. Regarde autour de toi. Reste libre. Nous ne nous oublierons pas.

Ils traversèrent le parc, alors que la nuit tombait. Arrivé devant le portail, Ben s'arrêta :

— Tu as un train dans une heure, le chauffeur va te conduire à la gare. Dans ton sac, tout ce dont tu as besoin...

Un sentiment de désespoir s'empara d'elle. Elle n'était plus capable de vivre au-delà du portail du château, d'obéir à des règles qu'elle avait si bien oubliées.

— Il le faut ! dit Ben en lui prenant la main tendrement. Nous nous retrouverons, Edmée. Je te dis que nous nous retrouverons. Il te suffira de le vouloir.

Il la poussa à l'extérieur. Des larmes obscurcissaient sa vue. Elle pensa qu'elle ne pouvait se passer de lui.

Machinalement, elle ouvrit son sac : peut-être avait-il laissé une adresse où elle pourrait le joindre ?

Il contenait un chèque de cinq cent mille francs — une véritable fortune — un billet de train. Elle trouva aussi un flacon de parfum : *La Ruche.*

Edmée, cœur battant, en huma l'exhalaison qui faisait surgir des images irréelles.

Les yeux perdus sur le noir de la campagne aux abords de la petite gare de province, elle se répétait les mots qu'il lui avait glissés à l'oreille : « Il te suffira de le vouloir » encore et encore. Puis à voix haute, elle prononça :

— Je retrouverai Ben.

Une pluie fine se mit à tomber. Elle fut la seule passagère à prendre le train.

Elle se dit qu'elle ne savait même pas vers quelle direction il allait.

Impression réalisée sur CAMERON
par BRODARD & TAUPIN
La Flèche
en décembre 1999

Imprimé en France
Dépôt légal : janvier 2000
N° d'impression : 1590X